悪《あく》銭《せん》

裏江戸探索帖

鈴木英治

時代小説文庫

角川春樹事務所

目次

●主な登場人物

山内修馬……元徒目付の浪人。小料理屋「太兵衛」の物置に起居する。
雪江……太兵衛の女将。
朝比奈徳太郎……凄腕の浪人。剣術道場の雇われ師範代。
美奈……徳太郎の妹。手習師匠をしている。
久岡勘兵衛……徒目付頭。修馬の元相棒。
稲葉七十郎……南町奉行所の定廻り同心。
清吉……七十郎配下の中間。

悪銭

裏江戸探索帖

第一章

一

軒下にうずくまった犬が赤黒い舌を出し、荒い息を吐《は》いている。

ああしたら、少しは和らぐのかな。

山内修馬《やまうちしゆうま》は立ち止まるや口をあけ、へっへっへっと呼吸してみた。しばらく続けてみたが、暑さになんら変わりはなかった。

当たり前だな、と思った。舌を出すことで少しくらいは暑さが減じているのかもしれないが、軒下の犬はぐったりとへばっているようにしか見えない。この暑さは、人も犬も水浴びでもしなければしのげないだろう。

二人の町娘が修馬を見、口元を押さえてくすくす笑いながらすれちがってゆく。なかなかかわいい二人組だが、この暑さでは声をかけようという気力も出ない。

再び歩を運びだして修馬は空を見上げた。

雲は一片たりともなく、入道雲さえわき上がっていない。大地や家並みを焼き上げようと執念を燃やしている太陽の勢いに、恐れおののいて退散してしまっている。空は青さを通り越し、どこか白っぽさを帯びていた。

ここ数日ずっと晴れが続いており、乾ききった路面はひどく埃《ほこり》っぽい。夕立でも降ればまたちがうのだろうが、刻限はまだ午前の四つ（十時）過ぎだし、雨を呼びそうな風すらまったく吹いていない。日がさらに高くなれば、もっと暑くなるのではあるまいか。ぞっとする。

「聞いたかい、昨夜も寺の鐘が盗まれたんだってよ」

ふと、前を行く三人連れの町人の声が耳に入った。修馬は顎《あご》を上げ、そちらを見た。たったそれだけのことで、汗が首筋から噴き出してくる。

「どこの寺だい」

仲間の一人がたずねる。

「麹町《こうじまち》三丁目の仙睡寺《せんすいじ》だよ」

「あの寺の鐘は大きかったたな。あんなでかい鐘、どうやって持っていったんだ」

「さあな。でも人手をかければ、なんとかなるんじゃないのか。吊《つる》すときの逆をすればいいんだから」

「寺から梵鐘《ぼんしょう》が持っていかれたのは、これで何個目かな」

一人が両手の指を使って数え出す。

「七つ目だな」

「まだ次があるのかな」

「これで打ち止めってことはないような気がするなあ。それにしても、鐘を盗んでなにをしようっていうのかねえ」

「奈良や鎌倉に負けない大仏でもつくろうっていうんじゃないのか」

「大仏をつくるんだったら、まだまだ全然足りないな」

男が気づいたように声をひそめた。

「お寺社は調べているのかい。下手人は上がりそうなのかな」

「どうだかな。もちろん一所懸命調べてはいるんだろうけど……」

あまり当てにはできないだろうな、という言葉をのみ込んだのが、修馬にはわかった。三人の男は道を折れ、暖簾《のれん》がだらりと下がっている料理屋にすいと入り込んだ。暑気払いに、これから酒でも飲むのかもしれない。

喉《のど》のあたりがきゅっとなり、うらやましかったが、昼間から酒を腹に入れようという気にはならない。いや、夜だろうが、もう飲もうという気はない。修馬はそう決めたのだ。

寺社奉行所も、と思った。頼み込んでくれば俺が調べてやるのに。なにしろ、よろず調べ事いたし候、との看板を掲げているのだ。もっとも、寺社奉行から依頼がくるわけがない。誰がなんの目的で鐘を盗んだのか、これからも盗み続ける気でいるのか、興味は尽きないが、好奇心から調べるほど暇ではない。

いや、暇は十分にある。だからといって、金にならないことをする気はない。自分にだって矜持《きょうじ》はある。

しかも、この暑さである。夜は少しは涼しくなるとはいえ、鐘を盗み出した者たちも汗みどろになったにちがいないのだ。

なにをしたいのか知れんが、まったくご苦労なことだな。

修馬はそのまま、日に焼かれつつ歩みを進めた。あまりの暑さに頭がぼんやりする。この暑さの中、することもなかったので、茶店にでも入って冷たい茶でももらおうかと散策に出てみたのだが、涼むのに恰好《かっこう》な店は見つからなかった。

仕方がない、帰るか。

修馬はきびすを返した。日に打たれすぎたか、頭が少し痛くなってきている。修馬はふらふらと歩き続けた。

いつしか見慣れた風景が目に入っていることに気づいた。

あれ、ここは。足を止め、修馬は目をみはった。いつの間にか番町《ばんちょう》に入り込んでいた。

な、なんてことだ。

暑さにやられ、勝手にこの町に足が向いていた。ひどい暑さだとはいえ、そんなのは理由にならない。

門のひらいている山内屋敷が、すぐそこに見えている。呆然《ぼうぜん》と突っ立つこの姿をもし父に見られたら、ばつが悪いことこの上ない。なにしろ、この山内家の面汚しめ、と罵倒《ばとう》され、勘当されたのだから。

修馬は、すぐさまきびすを返そうとした。だが、思いとどまった。せっかく久しぶりに番町まで来たのだ、なにもせずに帰るのはあまりにもったいない。

あの男に思い知らせてやる。

ふん、と鼻を鳴らして足を進めた修馬がやってきたのは、久岡勘兵衛《ひさおかかんべえ》の屋敷前である。

勘兵衛は徒目付頭《かちめつけがしら》で、修馬の元上司に当たる。以前は同僚だったが、前の徒目付頭だった飯沼麟蔵《いいぬまりんぞう》が隠居したことで、勘兵衛がその座におさまったのである。

久岡屋敷を憎々しげににらみつけた修馬は、ぺっと門前で唾《つば》を吐いた。ざまあみろと心中で毒づく。やってやったぞ。思い知ったか、馬鹿勘兵衛め。

土にできたばかりの黒いしみの上を、獲物を担いだ蟻《あり》が横切ってゆく。それを見ていたら、急に自分が小さくてくだらない人間に思えてきた。

くそっ。修馬は体をひるがえし、南に向かって歩きはじめた。相変わらず太陽は頭上で盛っている。じりじりと額が焼ける。

駆けるように歩いたら、麹町《こうじまち》に出た。

大寺の門前を通る。麹町には寺は数えるほどしかないが、ここはなかなか大きく、界隈《かいわい》ではかなり目立っている。

そういえば、と修馬は思い出した。さっき三人連れの町人がいっていた仙睡寺というのは、ここではないか。

山門に掲げられた扁額《へんがく》に目をやる。仙睡寺と墨書されている。まちがいない。昨夜、この寺から梵鐘が盗まれたのだ。鐘楼が見えているが、確かに鐘がない。なんとなく間が抜けている。

実際のところ、ここ最近、寺の梵鐘が盗まれるということが頻発している。先ほどの三人の町人も不思議がっていたが、あんなに重い物を盗んで、いったいなにをするのだろう。

世の中にはわけがわからないことを行うやつがいるからな。本当に大仏をつくる気かもしれぬ。

そんなことを考えていると、もし、という優しげな声が背後から聞こえた。修馬は振り向いた。

一人の行商人らしい男が立っていた。二つの大きめの瓶《かめ》を天秤《てんびん》に、肩に担いでいる。

「俺を呼んだか」

「はい、さようにございます」

初老の行商人はにこにこしている。額の真ん中に大きなほくろがある。人のよさそうな顔をしているが、そのほくろのために、仏のようにすら見える。

「もしや山内修馬さまではございませぬか」

修馬はいきなり名を呼ばれ、面食らった。

「どうして俺のことを知っている」

どう考えても、目の前の行商人は初めて見る顔なのだ。

「ああ、やはりそうでいらっしゃいましたか。はい、行商先で何度かお見かけしたことがございますので」

「行商先というと」

「お屋敷でございますよ。よくお世話になっています」

実家で顔を見られたのか、と修馬は少しいやな気分になった。

「なにか用か」

「さようにございます」

行商人が唇を湿す。担いだ二つの瓶から、梅干しのようなにおいがしている。

「おぬし、商っているのは梅干しか」

「おいしゅうございますよ」

修馬の舌から酸っぱい唾がじわりと出た。くんくんとよく嗅《か》いでみると、二つの瓶からにおってくるのは紫蘇《しそ》の香りだった。

「食い気のなくなる今の時季、梅干しはぴったりだろうが、すまぬな、今の俺は梅干しを食そうという気分ではない」

「いえ、商売でお呼び止めしたわけではございません」

行商人が静かにかぶりを振った。そういう仕草になんとなく気品というべきものが漂い、修馬は男を見直した。もしや元は武家なのか。いや、そうではなく、武家に仕えていたのかもしれぬ、と思った。

「あの、ぶしつけなお願いでございますが、一両を両替していただけませんか」

「一両だと」

「こちらでございます」

行商人が袂《たもと》から一枚の小判を取り出して、修馬にそっと見せる。強い陽射《ひざ》しを浴び、黄金色にきらきらと光る。数人の者がそばを通り、行商人は両手で小判を握り締めた。

「両替というと、細かくしてほしいのか。さて、持ち合わせがあったかな」

小声できいて修馬は懐《ふところ》を探り、財布を取り出そうとしたが、途中で手を止めた。

「いや、俺にはないな。細かい銭で一両もあるはずがない」

「いえ、山内さまに両替していただこうというわけではありません。手前が両替商で両替できればよろしいのですが、いろいろと厄介なことがございまして」

「ああ、そういうことか」

修馬は合点がいった。庶民が小判を日常の費《つい》えに使おうとしても、相手が釣りなど出せるはずがないから、小銭に両替する必要がある。それには銭屋《ぜにや》と呼ばれる町の両替商に持ってゆく必要があるが、どうやって小判を手に入れたかなど、いろいろと怪しまれて両替してもらえないことがほとんどなのである。武家や富裕な商人ならなんら問題はないが、町人は別である。

修馬は行商人をじっと見た。

「ちときくが、おぬし、その小判はどうして手に入れた」

その問いは予期していたというかのように、行商人が大きく顎を上下させた。

「もちろん、真っ当な手段で手に入れましてございます。悪いことなどしておりません」

「だが、一両もの大金だ。梅干しを商って小判を手に入れたわけではあるまい」

「はい、さようにございます」

行商人が真剣な面持ちになった。

「事情をご説明いたします。つい先日のことです。手前は、江戸見物にやってきたらしい行き倒れの旅人を助けたのでございます。自分の家に連れていって布団に寝かせ、近所の医者を呼んで診《み》せるなどいたしました」

「ほう、功徳《くどく》よな。なかなかできることではないぞ」

ありがとうございます、というように行商人が腰を折った。

「その旅人は三日間、手前のもとで養生し、元気を取り戻しました。手前に礼をいい、家を出ていきました。在所に帰るわけではなく、しばらくのあいだ江戸見物をしてゆくとのことでございました。せっかく江戸に来たのにすぐに在所に帰るのではあまりにもったいないとのことでございました」

この行商人は一人暮らしのようだな、と話を聞きながら修馬はなんとなく考えた。女房の話題が出てこない。梅干しもこの男が漬けたのだろうか。

「ふむ、その旅人の気持ちはわからぬでもないな」

修馬の言葉に行商人が苦笑を頰《ほお》に刻む。

「本当になかなかたくましいものでございますな。それはよいのでございますが、手前の知らないうちに、この小判が枕《まくら》の下に置いてあったのでございますよ」

「なるほど、そういうことか。富裕な旅人だったのだな。在所でなにをしているか、聞いたか」

「手広く商売をしているとのことでございましたが、すでに気楽な隠居暮らしで、若い頃から行ってみたかった江戸に一人で出てきたそうでございます」

「一人で江戸見物に来たのか。家の者がよく許したものだ」

「なんとしても一人で行くと、家人を押し切ったようでございます」

「一人で来られるくらいなら、隠居といってもまだまだたいしたものだな」

「さようにございますね。手前も見習いたいくらいでございます。しかし、いくらなんでも一両はもらいすぎでございます。なので返そうとも思ったのですが、やはりせっかくの小判ですし、ときがたつにつれて返すのが惜しくなってしまいまして」

その気持ちは修馬にもよくわかる。

「おぬし、名は」

「はい、平吉《へいきち》と申します」

しばらく平吉のしわ深い顔を凝視してから、修馬は深くうなずいた。嘘《うそ》をいっているようには思えぬ。

「よし、わかった。どう見ても、おぬしは悪い者ではなさそうだ。全部びた銭でよいのか」

平吉がにこにこしている。

「それでけっこうでございます」

「おぬし、巾着袋《きんちゃくぶくろ》は持っているか」

「はい、ございます」

行商人が懐から取り出した空の袋と小判を修馬は受け取った。

「よし、ついてきてくれ」

きびすを返して歩き出し、すぐ近くで両替商の看板を出している店の暖簾を払った。

一段上がった八畳ほどの畳敷きの間に帳場格子と、竿秤《さおばかり》と分銅ののった机が置かれている。机の前にちょこんと一人の男が座り、こちらを見ている。穏やかな顔をしているが、人品骨柄を見抜こうとしているのか、瞳《ひとみ》には厳しい光が宿っている。どうやら店の番頭のようだ。

「これを頼む」

修馬は帳場格子越しに一両を差しだした。

「寛永通宝《かんえいつうほう》にしてくれ」

「すべて一文銭でよろしゅうございますか。四文銭もございますが」

四文の寛永通宝は裏に波紋が入っており、波銭とも呼ばれる。

「ならば、半々にしてくれ」

「承知いたしました」

形だけ小判を竿秤の上にのせてみたものの、すぐに番頭はうしろに用意してある寛永通宝のさしと呼ばれる束を数えはじめた。慣れたもので、見ていて気持ちよくなるほどの手際よさだ。

「では、こちらをどうぞ」

帳場格子をどけ、大きな四角い盆を前に滑らしてきた。盆には、さしがたくさんのっている。さしは百文を紐《ひも》で束ねたものである。一両分あると、さすがに壮観だ。百文のさしは、実際には九十六文しかない。引かれた四文のうち三文が両替手数料に当たる切賃《きりちん》で、一文が紐代といわれている。さしは百文として通用するので、なんら問題はない。

「全部で三千七百文ございます」

「ほう、そんなにあるのか。一両というのは、やはり使い出があるものよな」

番頭は微笑を浮かべ、盆を見つめる修馬を控えめに見上げてきた。

「四文銭のさしが五つで二千文、一文銭のさしは十七個ございます」

締めて三千七百文ということだ。修馬はさしの数を確かめた。

「では、もらっていくぞ」

修馬は、平吉から借りた巾着袋にさしの束をどさどさと入れた。びっくりするような重さではないが、やはり手に持つとずしりとくる。銭屋の外に出て、路地で待っていた平吉に歩み寄った。

「待たせたな」

「いえ」

平吉が小腰をかがめる。

「この中に三千七百文が入っている。四文銭のさしが五つに、残りは一文銭のさしだ。持てるか」

相手が年寄りだけに、修馬は少し心配になった。平吉が笑顔になる。

「このくらい、へっちゃらでございます」

平吉は二つの百文のさしを手元に残し、片方の梅干しの瓶の蓋《ふた》をあけて、そこに巾着袋をそっとしまい入れた。

「その瓶には梅干しは入っておらぬのか」

「はい、おかげさまでこちらの瓶の梅干しは売り切れました」

うれしそうな顔で平吉がいい、瓶にしまわなかった二つの百文のさしを差し出してきた。

「これは山内さまにお礼として差し上げます」

修馬は驚いた。まったく予期していなかったことだ。

「いらぬ。見返りを期待して、おぬしの役に立ったわけではない」

「いえ、そうおっしゃらず」

「いらぬと申すに」

「お礼を差し上げず、お別れするわけにはまいりません」

「そうはいっても受け取るわけにはいかぬ」

「どうぞ、お受け取りくださいませ。後生でございます」

平吉が必死に頭を下げる。修馬は半ば強引に押しつけられた。

「受け取っていただき、安心いたしました」

安堵《あんど》の息を漏らした平吉が深く辞儀した。天秤棒を担ぐと、ゆったりとした歩調で道を去っていった。

「うーむ」

平吉の姿が見えなくなるまで見送った修馬は、手のうちにある二つの百文さしに目を落とした。目の前の銭屋で一両を両替しただけで、これだけの銭が手に入るとは、考えもしなかった。礼などまったく期待していなかったのは本心である。少しは貯《たくわ》えがあるとはいえども、今は無職だけにやはりこの金はとてもありがたい。うれしさがじんわりと心ににじみ出してくる。

修馬は、両方の袂にさしを一つずつ落とし込んだ。重みがかかるが、それも心地よいものだ。

歩きはじめようとして、ふと足を止めた。ぴんとくるものがあった。修馬は眉《まゆ》を寄せ、空を見上げた。不思議と暑さを感じない。

もしや、これは商売になるのではないか。

わくわくする。

修馬は気持ちを抑えられずにいる。このすばらしい案を誰かに話したくてならない。誰がよいだろうか。今は雪江《ゆきえ》しか考えられなかった。

二

汗をさらに盛大にかきつつ、修馬は赤坂新町四丁目にやってきた。大勢の人が行きすぎる辻《つじ》を足早に通り過ぎ、用水桶《ようすいおけ》の脇に口をあけている路地を左に折れる。

すぐさま『太兵衛《たへえ》』と記された控えめな看板が、目に飛び込んできた。看板の下に立ち、閉まっている戸に手を伸ばそうとしたとき、それが勝手に動いた。

おっ、と修馬は目をみはった。入れちがいに戸口を出てきたのは、いかにも身分の高そうな侍である。この暑いのに頭巾をすっぽりとかぶっている。射るように鋭い光を宿した目がのぞいており、それが修馬をじっと見た。

この侍は何者だろう、と修馬は見返した。見覚えのない目をしている。雪江の知り合いだろうか。歳《とし》は二十八の自分よりわずかに上か。いかにも微行という趣で、無紋の着物を着込んでいる。

路地の両側から影のようにあらわれた二人の男がすっと近寄ってきて修馬はぎょっとしたが、この二人も頭巾をしている。侍の供のようだ。

修馬に軽く会釈し、侍が路地を歩き出した。物腰に怜悧《れいり》さが感じられた。供の二人が侍の前後に素早くつく。

ほう、と体から力を抜いて修馬は吐息を漏らした。供の二人は相当できる。遣い手といってよい。

勘兵衛と比べてどうだろうか。勘兵衛のほうがそれでも上だろうな、と思った。

ちっ。修馬は顔をゆがめた。徒目付をくびにされて久しいのに、いまだに勘兵衛のことを思い出すなど、未練でしかない。

女々しいぞ、山内修馬。自らを叱《しか》りつけた。門前に唾を吐くなど、やはりあんな真《ま》似《ね》はしなければよかった。勘兵衛のことなど、ただただ忘れてしまえばよいのだ。

苦いものが喉の奥から這《は》い上がってきた。

「どうされたのですか、山内さま」

前から声がかかった。

「なにやらぼんやりされて」

修馬ははっとして我に返り、声の主を見た。女が厨房《ちゅうぼう》に立ち、こちらに穏やかな眼《まな》差《ざ》しを注いでいる。まな板を叩《たた》く音が修馬の耳に届きはじめた。いま雪江は仕込みの真っ最中のようだ。

「雪江どの、今の侍はどなたかな」

修馬は路地を見やった。もう侍たちの姿は見えなかった。

「ちょっとしたお知り合いです。ここに移ってくる前には、よくいらしてくれたものです」

「何者だい」

雪江が微笑する。

「山内さま、そんなところに突っ立っておられないで、お入りになったらいかがです」

修馬は素直にその言葉にしたがった。敷居を越えて戸を閉め、三畳ばかりの土間に置かれた長床几《ながしょうぎ》に腰かける。修馬の重みに、ぎし、と小さくきしんだ。中はどういうわけかことのほか涼しい。うだるような外の暑さが嘘のようだ。

太兵衛は小料理屋である。女将《おかみ》の雪江が一人で切り盛りしている。土間を入った突き当たりに八畳の座敷があり、土間の両側に二つの小上がりがしつらえられている。気楽に飲める店であるだけに毎晩一杯になることがほとんどで、それに備えてすでに長床几が置かれているのだ。酒は下り物ばかりでなく、江戸の周辺で醸されているものもそろえてあり、それに合わせて雪江がつくる肴《さかな》が抜群にうまい。雪江は、包丁が板前のように達者なのだ。

「それで、あの侍は何者だ」

雪江がにこりとする。歳は三十をいくつか過ぎているのだろうが、それを感じさせない若々しさがある。雪江という名にふさわしく、肌が透けるように白い。

「それはいえません」

「そりゃそうだろうな」

なにしろお忍びなのだ。人にはいろいろ事情がある。小料理屋という商いをしていれば、さまざまな者と出会うだろうが、その者たちの身分や素性を聞かれるままにぺらぺらしゃべるほうがどうかしている。信用、仁義に関《かか》わるというものだ。

それにしても、頭巾をすっぽりとかぶり、微行でやってくるなどどういう者なのか。ひじょうに気になるが、修馬にはもともと穿鑿《せんさく》するつもりはなかった。考えてみれば、太兵衛という店の由来も雪江にはきいていないのだ。雪江どのの男かもしれぬとも思うが、きいたところでしょうがないことだ。

雪江がちらりとこちらを見る。まな板を叩く音が止まった。

「山内さま、なにかよいことでもございましたか」

「うむ、あった」

雪江がうれしそうに笑み、耳を傾ける。

「どのようなことでございますか」

「聞いてくれるか」

修馬はいそいそといった。

「もちろんでございます」

修馬はにっこりと笑った。

「なにしろ二百文が労せずして手に入ったのだ。喜ばぬほうがどうかしている。これだ」

修馬は二つのさしを袂から取り出した。雪江が目を丸くする。

「どういうことでございますか」

「雪江どの、手を休めずに聞いてくれ」

再びまな板の音がしはじめた。

「実はな、こういうことがあったのだ」

修馬は、平吉という年寄りに頼まれて一両を両替してやったことを手短に説明した。

「いま平吉さんとおっしゃいましたか」

「いったが、もしや知り合いか」

いいえ、と雪江が首を横に振った。

「同じ名の人を存じているだけです。私の知っている平吉さんとはちがうお方でしょう。それで、その平吉さんがお礼として二百文もくださったのですか」

「済まぬと思ったが、ありがたくいただいておいた」

「向こうがくれるというのを、無理に断るのも角が立ちますからね」

「それでだ、雪江どの」

修馬はさしを袂に落とし込み、すっと背筋を伸ばした。

「俺は銭屋をはじめることにした」

「えっ。銭屋って両替商のことですね」

「そうだ。もちろん為替や手形、貸付などを行う本両替ではない」

「銭屋というと脇両替と呼ばれるほうですね。それでも、御上からのお許しが必要ではありませんか」

「その通りだ。だから俺は裏のというか、闇《やみ》の両替商をすることに決めた。これから、これを生業《なりわい》としようと思う」

あら、と雪江が不思議そうに首をひねる。

「御番所が手も足も出ない事件を解決することで、お足を稼ぐのではなかったのですか。私、お客さまにもだいぶ宣伝しましたし、知り合いにも山内さまのことを紹介しておいたのですよ。乗り気の人もいらしたのに」

「それはそれでよいのだ。依頼がきたら必ず引き受けるゆえ。だが、まだ一件の依頼もないゆえ、糊口《ここう》をしのぐためにはなんでもする気でおるのだ」

「そういうことでございますか」

「小判や二分金、一分金などの両替をすることで、庶民の味方になるつもりでいる。とはいえ、あまり大っぴらにはできぬゆえ、雪江どの、太兵衛の客にはひそかに宣伝してくれぬか。俺の取り分となる口銭は一割だ。むろん、雪江どのにも謝礼はする」

雪江が上品な笑顔になる。

「謝礼などいりませんよ。山内さまからお金をいただこうなどという気持ちはありません」

「その気持ちはとてもかたじけないが、謝礼はどうあっても受け取ってもらうぞ。それこそが俺の矜持というものだ」

「はい、はい、承知いたしました。私の口添えで山内さまのご商売がうまくいくようでしたら、たんといただくことにいたしましょう」

「うむ、それでよい。そうだ、これを預かっていてくれぬか」

修馬は雪江に二つのさしを手渡した。

「預かり証をお書きしますね」

雪江のことは信用しているからいらぬと思うが、預かるほうはそのほうがすっきりするだろうからと、修馬は受け取ることにしている。雪江が狭い帳場で矢立《やたて》を使い、一枚の紙に文字を書きつけている。

「では山内さま、これを」

墨が乾くのを待って差し出された紙には、二百文を確かに預かった旨が書かれていた。

「いつも済まぬ」

修馬はていねいに折りたたんで懐にしまい込んだ。

「どういたしまして」

にこやかに笑い返して修馬は外に出た。暑さはまだまだ厳しい。路地を一間《けん》（約一・八メートル）ほど進み、太兵衛とは別の戸口の前に立った。

目の前にあるのは太兵衛と家続きの、四畳半ほどのこぢんまりとした建物である。

よろず調べ事いたし候、と記された看板が出ている。修馬は、がらがらと音を立てて戸をあけた。中にはむっとする暑さが詰まっており、それが助けを呼ぶ者のようにまとわりついてきた。全身にまたも汗が噴きだしはじめる。

こいつはたまらんな。土間で草履を脱いで修馬は上がった。真四角の建物のまわりはすべて板壁である。修馬は奥に設けられた唯一の窓を急いであけた。窓といっても書物一冊分ほどの小さなものだし、風が死んでいる上に家が近くに建て込んでおり、部屋の大気はそよとも動かない。狭い空から幾筋もの光の柱が発せられているのが望める。

「ふえー、暑い」

修馬は畳に座り込んだ。四畳半ほどの広さのうち、二畳に畳が敷かれている。あとは土間で、土がむき出しになっている。

闇の両替商か、と修馬は腕組みをして独りごちた。考えれば考えるほどよい案のように思えてくる。そこそこ貯えはあり、今のところ食うのに困ってはいないが、どんなときにも備えは必要である。町人相手に両替商をするというのは、将来に備えて小金を貯《た》めるのにこれ以上ない手立てではあるまいか。

あの平吉という年寄りに、感謝しなければいかんな。仏さまに見えたが、俺のために本当にこの世にあらわれ出てくださったのではないのか。

修馬は、額にほくろがある顔を脳裏に描き出し、両手を合わせた。

そんなことをしていると、あけ放してある戸口に人影が立ったのが知れた。あの、といって人影がこわごわとのぞき込んできた。男であるのはまちがいないが、逆光になって顔はよく見えない。声に聞き覚えはあった。

この声は誰だったかな、と修馬は思い出そうとした。

「あっ、本当にいらっしゃった」

男が、畳に座り込んでいる修馬を見つけて声を上げた。男がさらに踏み出したことで、修馬にもようやく顔が見えた。

「おう、元造《げんぞう》ではないか」

徒目付になる前、修馬がまだ部屋住《へやずみ》だった頃、用心棒をつとめていたやくざ一家の親分である。金払いがよく、修馬は元造のおかげで人並みの暮らしを送れたといってよい。徒目付をしていた兄が探索をしていて斬《き》り殺され、その事件が解決したのち、修馬は兄の後釜《あとがま》として徒目付を拝命したのである。

「久しぶりだな、元造。汚いところだが、まあ、上がれ」

「へい、では失礼いたしやす」

元造が雪駄《せった》を脱ぎ、修馬の前に正座する。所在なげに部屋のなかを見回す。

「ここは、もしや物置ですかい」

「そうだ。隣にある小料理屋の女将の厚意で使わせてもらっている」

「山内さま、つまりこちらにお住みになっているんですかい」

「うむ、そうだ。女将がきれい好きだから、居心地はなかなかよいぞ」

「代は」

「女将の厚意と申したぞ」

「ただということですね」

いきなり元造が、くくく、と苦しげな声を漏らした。

「どうした、元造。腹でも痛いのか」

「腹痛なんかじゃありゃしません」

元造が顔を上げた。目元が濡《ぬ》れている。

「なんだ、泣いているのか。元造、どうして泣く」

「旗本御直参《ごじきさん》の山内家九百石の当主だったお方が、ずいぶんと零落されたものだなあと」

修馬は顔をしかめた。

「元造、零落などと縁起でもないことをいうな。俺は必ず前よりえらくなる気でいるのだからな」

「山内さま、本気でおっしゃったのでしょうね」

元造が真剣な顔できく。

「当たり前だ。いくら居心地がよいからといって、いつまでも物置暮らしでいいわけがない。必ずえらくなってみせる」

元造がそれを聞いて肩から力を抜いた。

「それをうかがい、安堵いたしやした。でもいくらこぎれいにしてあるからって、なにも物置で暮らさずとも。あっしにおっしゃってくだされば、ずっとよい家をご用意いたしましたよ。また用心棒をしてくださっても、よかったのに」

「まあ、よいではないか」

「女将の厚意でこちらにお世話になっているとのことですけど、女将とはわけありなんですかい」

「わけありではないな。昔ちょっとした関わりがあっただけだ」

「どんな関わりですかい。いえ、お答えにならなくてけっこうですよ。あっしは思ったことをすぐにぺらぺら口に出しちまうんです。子分どもにもそれで甘く見られているんですから、気をつけねえと」

「おまえは甘く見られてなどおらぬ。慕われているだけだ」

「さいですかねえ」

「俺は子分たちと同じ釜の飯を食った。よく話をしたが、おまえのことは本当に好きでいるようだ。俺もおまえのことは好きだぞ」

「でも、あっしにはここの居場所を教えてはくださらなかったんですよねえ。捜し当てるのに苦労しましたよ」

「済まぬな、伝えるのを忘れていた。まあ、いいわけにもならぬな」

修馬は元造にあらためて目を当てた。

「しかし元造、よくここがわかったな」

元造が苦笑を浮かべる。

「山内さまのことは、いろいろと手蔓《てづる》を使って捜し回ったんですよ」

「ほう、そうだったのか」

元造が暗い顔つきになる。

「山内さまが徒目付をくびになったと聞いて、あっしは腰が抜けそうになりましたよ。いったいなにがあったんですかい」

修馬は畳に目を落とした。

「ちょっとあったのだが、まだ話す気になれぬ。元造、済まぬな」

「さいですかい。ええ、あっしは無理にお聞きするような真似はいたしませんから、ご安心ください」

「かたじけない」

修馬は居住まいを正した。

「それで元造、どうした。俺になにか用事か」

元造がぽんと膝《ひざ》をはたいた。

「ええ、その通りで。もちろん用事があってまいりやした」

「出入りか」

修馬がずばりいうと、元造が目をみはった。

「よくおわかりで」

修馬は頬に笑みを刻んだ。

「おまえが俺のところに顔を見せるのは、たいてい出入りが理由だ。いつあるんだ」

元造が太い首をかしげる。

「まだはっきりしないんですが、もう近いことは近いんですよ。それで、山内さまに加勢の件を早めにお願いに上がっておこうと思いやしてね」

「相手の一家に勝てば、また一つ縄張が増えるという寸法か」

「さいですが、山内さまもご存じの通り、あっしらは堅気の人たちに悪さはいたしません」

元造が憎々しげな顔つきをする。

「相手の五郎助《ごろすけ》一家は、堅気にも悪さを平気でしますからね。許しがたいんですよ。番所にも目をつけられているはずですよ」

「しかし、町方役人に鼻薬をたっぷりと嗅がせているんだろう」

「滅多なことはいえやせんが、おそらく山内さまのおっしゃる通りだと思いやすぜ」

「わかった。出入りの日が決まったら教えてくれ。体を空けておく。といっても、予定がある日のほうが珍しいくらいだ」

「よろしくお願いします」

両手をつき、元造が深々と頭を下げた。

「では、あっしはこれで」

「ちょっと待て」

元造が再び両膝をそろえた。

「実はな、今日から両替商をはじめた。元造、もし小判などで両替に困るようなことがあれば、持ってこい。俺が責任を持って両替してやる。口銭は一割だ。安かろう」

へへ、と元造が笑う。

「もちろん闇の両替商ということですね。まあ、一割ならば闇にしては安いのでしょうね。わかりやした。心がけておきますよ。でも旦那、両替商なら口銭ではなく、切賃とおっしゃるべきですぜ」

「そうだったな。切賃だ。覚えておこう」

元造がていねいに辞儀して帰っていった。修馬は外に出て見送り、物置に戻った。畳の上に横になる。眠気が襲ってきた。

目を閉じた。勤めがあったときは、真っ昼間から眠ることなど、できるはずがなかった。もし誰かに見られようものなら、切腹ものなのだ。だが、今はへっちゃらである。咎《とが》める者など一人としていない。

こうしてみると、浪人というのも悪くないなあ、と修馬は思った。怠惰、という言葉が浮かんだが、それがなんだというのだ。

怠惰。なんとよい響きだろうか。寝て暮らせるなど、この上ない贅沢《ぜいたく》である。

三

はっとして起きた。

修馬は一瞬、どこにいるのかわからなかった。この物置で暮らしはじめて半月ほどになるが、まだ慣れたとはいえない。小窓から見える外は明るく、相変わらず白い光の柱がいくつも立っている。風はまったく吹き込んでこない。どうやら半刻《はんとき》（一時間）ばかり眠ったようだ。

寝たおかげで気分はすっきりしている。なにか夢を見ていたようだが、覚えていない。悪い夢ではなかったのだろう。

立ち上がり、修馬は戸を横に滑らせて外に出た。太兵衛の厠《かわや》を借り、小用を済ませる。

太兵衛の戸口には、もう暖簾がかかっていた。八つ半（三時）という頃合いだろうか。だしのにおいがふんわりと漂ってきている。ぎゅるんと腹が鳴った。夕餉《ゆうげ》には早いが、我慢できずに修馬は暖簾を払った。

「いらっしゃい」

厨房にいた雪江が笑顔で迎える。客はまだ誰もいない。

「飯を食わせてくれるか」

「なにがよろしいですか」

修馬は小上がりに陣取った。

「魚がいいな」

「でしたら、鯵《あじ》はいかがです。煮つけたものがあります。すぐ出せますよ」

「うむ、それをもらおう」

「ありがとうございます」

雪江が手際よく支度をはじめる。

すぐに盆の上に鯵の煮つけ、ご飯、ひじきの白和え、味噌汁《みそしる》、漬物がのったものが、修馬の前にやってきた。

「うまそうだ」

修馬は一つ一つを味わって食べた。鯵は脂がのっていてうまい。ひじきの白和えも、ほっとする甘みがことのほかうれしい。飯もふっくらとしており、旨《うま》みが口中に広がる。漬物と一緒に食べると、まさに至福である。味噌汁もわかめがしゃきしゃきし、よくだしが利いていて美味だ。

これで代は二十文である。

「いつも思うのだが、雪江どの、こんなに安くてよいのか。済まぬという気持ちになる」

ふふ、と雪江が笑みを浮かべる。

「はい、もちろんけっこうでございます」

「やっていけるのか」

「大勢のお客さまに来ていただいていますから、おかげさまで」

薄利多売ということだろうか。とにかくこういう店はありがたいことこの上ない。

ありがとうございました、という明るい声に送られて修馬は外に出た。太陽が傾き、少しだけ勢いがなくなってきている。それでも地面から立ちのぼる熱で、まだかなり暑い。

「湯屋に行くか。汗を流したら、さぞ気持ちよかろう」

修馬は独りごちた。近くに立花湯《たちばなゆ》という銭湯があり、物置に住みはじめてから足を運ぶようになった。早い刻限なら、そんなに混《こ》んでおらず、湯も汚れていない。屋敷で暮らしているときは湯屋に行くことはなかったが、これも自由の身になったからできることだ。

勘兵衛など湯屋に行ったことはあるまい。いつも屋敷の湯に入っているのだ。広い湯船など味わうこともなく一生を終えるのだ。

また勘兵衛のことを思い出したことに気づき、修馬は唇を嚙《か》んだ。いや、無理に忘れるのはよそう、と思った。長く親密なつき合いだったのだ。二人して駆けずり回り、解き明かした事件は相当の数にのぼる。二人して死地もかいくぐったし、修羅場も経験した。勘兵衛に助けてもらい、ときにこちらが助けたこともあった。勘兵衛のことを思い出すのは仕方ないことだ。ときがたてば、自然に忘れていこう。

修馬は湯屋をあとにした。さっぱりと汗を流したことで、気分がいい。すでに太陽は大きく傾き、涼しさを覚えさせる風が吹きはじめていた。さすがにほっとする。住まいの前に縁台を出し、団扇《うちわ》を使って涼みはじめた者が多い。煙管《キセル》をふかしつつ将棋を指している年寄りも目立つ。遊び足りない子供の甲高《かんだか》い声が裏路地から聞こえてくる。夏は昼が長いから、子供にとってありがたい時季だろう。

修馬は、住みかとしている物置に帰ってきた。戸口には鍵《かぎ》などかけていない。盗まれるような金目の物はなにもない。金はすべて雪江に預けてある。

戸をあけ、敷居を越えようとしたら、うしろから呼び止められた。振り返ると、薄闇の中、小柄な男が二間（約三・六メートル）ばかりを隔てて立っていた。見覚えのある顔である。修馬は男に向き直りつつ、名を思い出した。

「時造《ときぞう》だったな」

時造がにっとする。市松鹿《か》の子《こ》の小袖《こそで》を小粋《こいき》に着こなしている。歳は三十半ばくらいか。

「よく覚えていてくださいました」

「最近、太兵衛でよく会うからな」

「とてもいい店ですね」

時造が太兵衛の暖簾をちらりと見やる。

「まったくだ。安くてうまい。うまくて安いかな。まあ、どちらでもよいか」

微笑を浮かべて、時造が修馬を見つめている。目が細く、額が広い。鼻はまん丸で、唇は少し厚い。一つ一つを取り上げるとあまりよい造作とはいえないのだが、うまくまとまっているというのか、なかなか苦み走った顔つきをしている。

「なにか用か」

「実はそうなんですよ」

時造がすっと寄ってきた。その足さばきに修馬は瞠目《どうもく》した。まるで能舞台を行くかのようにすうと近づいてきたのだ。身ごなしの軽さは前から見抜いていたが、盗人がつとまりそうな感じですらある。

「女将さんからお話はうかがいました」

「話というと」

「これですよ」

時造が懐に腕を突っ込んだ。さっと出された手には小判が握られていた。それを扇のように指で広げてみせた。五枚ある。修馬はさすがに驚きを隠せない。

「この五両を四文銭に両替してください」

「ここではなんだ、入ってくれ」

修馬は時造を招き入れ、戸を静かに閉めた。中は昼間の暑さが居座っており、むしむししていた。

「ずいぶん暗いな」

部屋は外よりも一足早く夜がやってきたかのようで、修馬は隅の行灯《あんどん》に火を入れた。壁や天井が穏やかな光で照らし出される。こうして見ると、本当になにもない部屋だ。狭い割にがらんとしている。文机《ふづくえ》が一つ置いてあるだけで、夜具すらない。今は夏だからまだいいが、いずれ必要になってこよう。じき朝晩はしっとりと冷えてくるはずだ。

修馬と時造は畳の上に向き合って座った。時造が五枚の小判を畳に並べる。行灯の淡い灯を受けた小判は鈍い光を帯びて、ずいぶんと妖《あや》しく見えた。

「この五両を四文銭にということだが、すべて波銭でよいのか」

「それでお願いします」

時造が頭を下げる。さすがに五両の出どころが気になる。先ほど盗人のことが頭をかすめたばかりだから、余計である。だが、もちろんただそうなどという気はない。いちいち穿鑿していたら、町の銭屋と変わらない。それをしないからこそ闇の両替商なのだ。

「五両もの大金だ。今すぐ用意するのは無理だが、かまわぬか」

「もちろんですよ。明日またうかがえば、よろしいですかい」

明日の朝に近くの銭屋に行けば事足りよう、と修馬は考えた。五両くらいなら、すぐに両替できるにちがいない。

「昼までには必ず用意しておく。切賃のことは聞いているか」

「はい、それも女将さんから。一割ですね」

四分で一両だから、五両は二十分である。その一割は二分だ。五両を両替するだけで、それだけの金が懐に入ることになる。まさに大儲《おおもう》けといってよい。

口元がゆるみそうになるのを、修馬は抑えきれない。

「預かり証を書こう」

修馬は文机の引出しから一枚の紙を取り出し、矢立を使おうとした。

「山内さま、よろしいんですかい」

時造が気がかりそうな声を発した。

「なにが」

「山内さまは闇の両替商ですよね。預かり証など書くと、証拠になる品を残すことになりますよ」

確かに時造のいう通りである。

「迂闊《うかつ》だったな。だが、五両もの大金を預かるのに預かり証なしというわけにはいかぬぞ」

「別にあっしはかまいませんよ。山内さまのことは信用していますから。御徒目付をつとめられたお方が、たかが五両のお足を持ち逃げなどされんでしょう」

時造は、修馬が元徒目付であるのを知っている。このことを売りに、よろず調べ事いたし候という看板を出したのだから、不思議なことではない。

「もちろん持ち逃げなどするはずもない。ならば、こうするか」

　筆を握った修馬は文机の上の紙に『金五両』と大きく書き、しばらく墨が乾くのを待った。

　それを確かめてから、紙を縦にびりりと引き裂いた。金五両の三文字が真っ二つになった。これを、といって半分を時造に渡す。

「預かり証とはいえぬが、ないよりましだろう。明日、持ってきてくれ」

「承知いたしやした」

　半切れの紙を大事そうに懐に入れた時造が一礼して立ち上がった。修馬は五枚の小判を自分の財布にしまった。

「では山内さま、あっしはこれで。明日のお昼にうかがいます。よろしくお願いします」

「うむ、任せておいてくれ」

　修馬は重々しく答えようとしたが、もうすでに二分の儲けを得た気分になっており、どうしても相好は崩れがちだ。

　そんな修馬を、立ったままの時造がにこやかに見ていたが、戸をあけるや、すっかり暗くなった外にすっと出た。戸を閉めようとするのを修馬は制し、自分で横に滑らせた。

どすんと音をさせて畳に腰を下ろす。こんなにたやすく金が入ってよいものなのか。闇の両替商を必要として求める者は少なくないと思っていたものの、あまりに上々の滑り出しに、修馬は声を上げて笑いたい気分である。

裏でこれなら、表の銭屋はさぞ儲かるものなのだろうな、と思った。本両替だけでなく、脇両替でも財を築くのは、そうむずかしいことではないのがはっきりとわかる。銭屋の中で株仲間をつくり、新たに参入しようとする者を阻む動きがあるようだが、こんなにたやすく儲けを手にできるのならば、それも当たり前のことだろう。

人というのは強欲で、他者に少しでも利を渡したくないものなのだ。

四

なにかが顔にいる。

そのことに気づき、修馬はがばっとはね起きた。あわてて頬をはたく。ぽとりと畳の上に落ちたのは一匹の蟻である。

屋敷に住んでいたときには、畳の上を歩くのは何度も目にしていたが、眠りを蟻に覚まされるようなことは一度もなかった。実際、この物置に越してからも初めてのことである。

修馬は蟻をつまみ、小窓をあけて外に出した。そういえば、と戸口に向かいかけてふと幼い頃のことを思い出した。

父が出仕中のこと、修馬は夏の日盛りに座敷の濡縁《ぬれえん》に足をかけてうたた寝していたのだが、いきなりふくらはぎに鋭い痛みを覚え、跳び起きたことがある。あわてて見ると、ふくらはぎに黒々とした点があった。蟻がしがみつき、やわらかな肉に嚙みついているようだった。手のひらではたいて追い払ったのだが、指で潰《つぶ》される程度のちっちゃな生き物のくせに、意外なほどの痛みを感じさせることができるのに、修馬はひどく驚いたものだ。

蟻といえども侮れぬ、とそのときにしみじみ考えたことも併せて思い出した。

すでに外は明るい。日が昇って、もう半刻はたっているのではあるまいか。刻限は五つ（八時）に近いだろう。夏は夜が短い。たっぷりと寝たつもりだが、まだ眠気が少しある。

立ち上がった修馬は手ぬぐいと房楊枝《ふさようじ》を手に外に出て、太兵衛の裏手に回った。

そこにはちっぽけな井戸がある。上水を引いている長屋のような井戸ではなく、地下から水を汲《く》み上げる掘り抜き井戸である。雪江はこの水を料理に使っているそうだが、味が比べものにならないほどよくなるという。太兵衛の味のよさの秘密は、この水にあるのかもしれない。

実際、この水で炊かれた飯を何度も太兵衛では食べているが、信じられないくらいうまいのだ。水というのはどれも同じに見えるが、似て非なるものであることを知らされる。

修馬は歯を磨き、洗顔した。手ぬぐいで顔をふく。大きく伸びをした。

「ああ、さっぱりした」

眠気も消えている。修馬はごくりと井戸の水を飲んだ。冷たくて実にうまい。体に染み渡る。朝の一杯はどうしてこんなにうまいのだろう。屋敷で暮らしているときは、こんなにおいしくなかった。あれは上水を引いていたからだろう。近くには掘り抜き井戸にしている屋敷も少なくなかったが、山内屋敷はそうではなかった。

勘兵衛のところはどうだっただろうか。また勘兵衛のことを思い出したが、それで別に気持ちが落ち込むようなことはない。霧が薄れてゆくように、いずれ勘兵衛の面影は脳裏から消えてゆくだろう。

修馬は物置に戻った。文机の下の引出しから下着を取り出し、着替えをする。衣紋《えもん》掛《かけ》に掛けてある着物をまとい、袴《はかま》もはいた。浪人なのだから着流しでよいではないかという気もするが、習い性となっているようで、袴をはかないと落ち着かない。

修馬は袂に落とし込んである財布を取り出し、預かった五両がちゃんとあるかを確かめた。たったいま不用意なことに、大金を置いたまま外に出てしまった。洗顔と歯磨きというわずかな間とはいえ、盗み出すのには十分すぎるほどの時間であるのはまちがいない。

どきどきしながら財布をひらく。中に鈍く輝く黄金色を見つけ、ほっと息をついた。

よし、行くか。修馬は勇んで外に出た。今日も朝から太陽は元気がいい。雲はなく、雨の気配はどこにもない。じりじりと熱せられて、額がひどく熱い。笠《かさ》がほしいが、持っていない。編笠を買ったほうがよいな、と思う。昨日のようにふらふらと歩いて、番町に行ってしまうようなことは避けたい。

だが、その前に一軒の銭屋が目についた。昨日、一両を両替した銭屋とは異なる店である。修馬は暖簾をくぐり、帳場格子の奥に座る番頭ふうの男に五両を差し出して、すべて波銭で頼む、といった。番頭らしい男は修馬を一瞥《いちべつ》し、軽く顎を引いた。

「承知いたしました」

五両を手にするや、手早く波銭のさしを数えて四角い盆の上にどさりどさりと置いてゆく。最後にばらの銭を数えて、それも盆の上にていねいに置いた。帳場格子をどけ、盆を修馬の前に滑らせてきた。することが、昨日の店とまったく同じである。

「どうぞ、お受け取りください。今の相場は一両が三千七百文ですから、五両で一万八千五百文になります。こちらのお盆には波銭のさしが四十六個ございまして、計一万八千四百文になります。残りの百文は、二十五枚の波銭でございます」

本当に一万八千五百文あるか、修馬は念入りに数えた。両替をもっぱらにしている者のすることだからまちがいはないと思うが、闇の両替商をはじめて最初の取引でしくじるわけにはいかない。さしの紐に黒い汚れらしいものがついているのに気づいたが、気にするほどのものではなかった。

「うむ、確かに。かたじけない。助かった」

番頭らしい男がほほえむ。

「こちらこそありがとうございます」

その言葉で、銭屋がとてつもなく儲かることを修馬は思い起こした。百文につき三文の切賃があるのだから、一万八千五百文だと、いったいいくらになるのか。修馬は頭の中で素早く計算した。五百五十五文である。紐代で一文取っているから、それも合わせると、七百四十文ということになる。ただ五両を両替しただけでこれだけの儲けがある。蔵が建つのも当たり前であろう。

修馬は、すべての金を大きめの巾着に入れた。ずしりとする。これだけあると、とても懐にしまうなどということはできない。肩に担ぐしかなかった。

修馬は店の外に出た。けっこう重いな、といいながら赤坂新町四丁目に戻ろうとした。

赤坂新町二丁目の本問屋の前で、怒鳴り声が耳を打った。なんだ、と思って目をやると、一人のやくざ者が若い娘に向かってすごんでいた。娘は毅然《きぜん》とした態度を崩していないが、弱り果てているのは明白だ。

聞こえてくるのは、おめえのせいで腕の骨が折れたじゃねえか、医者代をもらわねえとならねえぜ、というやくざ者の声である。かわいらしい顔をした娘は、無言でやくざ者を見つめ返している。なんとかいったらどうなんだい、とさらにやくざ者がすごむ。

はあ、と修馬はため息をついた。この世には、なんとも情けない男がいるものだ。やくざ者は骨を折ってもおかしくないひょろりとした体格をしているが、それが娘にわざと突き当たり、怪我《けが》をしたから金を払え、と因縁をつけているのである。

まわりには大勢の野次馬がいるが、見ているだけで助けようという者はいない。江戸っ子の人情も地に落ちたものだな、と思いつつ修馬は前に進んだ。

「そのくらいにしておけ」

修馬はやくざ者にいって、巾着袋を地面に置いた。軽く金の音が立った。今の音に気づいた者がいるか、とまわりを見たが、色めき立つような気配を発している者は、野次馬にはいなかった。

立ち止まったら、急に汗がだらだらと出てきた。娘の前でこんなに汗をかいてしまうのは、武家として恥ずかしい。

修馬があいだに入ったことで、娘がほっとした顔を見せる。やくざ者が眉をひそめ、にらみつけてきた。目がすさみ、頭もぼうぼうで、人相がひどく悪い。

「なんですかい、お侍」

「おまえ、腕が折れたというが、どこだ」

「ここですよ」

やくざ者が顎をしゃくる。左腕がだらりと垂れ下がっている。

「そこか。おまえは知らぬだろうが、実はな、俺は骨接《ほねつ》ぎの心得がある。どれ、見せてみろ」

「いえ、けっこうですよ」

やくざ者が身を引く。

「遠慮はいらぬ」

修馬は手を伸ばし、やくざ者の左腕を取った。思い切りねじ上げる。

「いたたた」

やくざ者が体をよじり、悲鳴を上げる。

「どうだ、骨はちゃんと接げたか」

やくざ者は修馬をにらみつけている。

「ふむ、まだ接げておらぬようだな。ねじり方が足りぬか」

修馬はさらに力を込めてやくざ者の腕をひねった。やくざ者の体が浮き上がる。

「い、痛い。お侍、後生ですから、やめてください。骨が折れちまう」

「もう折れているだろうが」

「別の骨ですよ」

「まだそんなつまらぬことをいうか」

「いえ、いいません。ですから、もうやめてください」

「おまえもつまらぬ芝居はやめるか」

「芝居ってなんですかい」

「この期に及んで、まだそのようなことをいうか」

修馬はなおも力を加えようとした。

「わ、わかりました。もうしません。下手な芝居はやめます。骨は折れておりません」

「まことだな」

「まことです。あっしは嘘はつきやせん」

「よし、信じよう」

修馬はやくざ者の手を放した。勢いよく離れたやくざ者はつんのめったが、たたらを踏んでなんとかこらえた。

「ああ、いてえ」

顔をしかめつつ、やくざ者は右手で左腕をさすっている。修馬をにらみつけようとして、とどまる。また痛い目に遭わされては割に合わないと考えたようだ。

「とっとと去《い》ね」

修馬は顎を横に動かした。

「は、はあ。わかりやした」

やくざ者が首を振り振り去ってゆく。相変わらず左腕を押さえたままだ。娘に因縁をつけて金を脅し取ろうとするなど、よほど困窮しているのだろう。後ろ姿がひどく寂しげに見えたが、同情の余地はない。

野次馬たちから、ざまあみやがれ、という声が飛んだ。修馬はそちらを見たが、誰が発したのかわからなかった。見世物が終わり、野次馬たちはぞろぞろと散りはじめている。

修馬は娘に向き直った。娘がまっすぐ修馬を見つめている。直後、胸がきゅんとなり、修馬はごくりと唾を飲んだ。娘から目を離せない。

形のよい細い眉の下に、くりっとした目がくっきりと澄んでいる。富士額で鼻筋が通り、ほっそりとした顎、桃色の唇。

これまでもきれいな娘は大勢会ってきたが、こんなに美しい娘は初めてである。着ているものはあまりいいとはいえないが、きりっとした気品が娘にはある。武家であるのはまちがいないだろうが、家は浪人かもしれない。

浪人ならば同じ境遇だ。むしろ親しみやすいではないか。修馬は咳払《せきばら》いをした。

「け、怪我はないかな」

「はい、ありません」

はきはきと答えた。

「ときおりあのような者がいる。災難であったな」

「お助けいただき、ありがとうございました」

娘がていねいに頭を下げる。

「いや、当然のことをしたまでだ。弱っている者を見過ごすわけにはいかぬ。向こうからぶつかってきたのだな」

「はい、びっくりしました」

娘が胸を押さえる。

「いきなりそこの路地から突き当たってきて、いたたた、と大声を張り上げたのです。私が大丈夫ですか、ときいたら、見りゃわかるだろう、大丈夫じゃねえ、っていって、骨が折れたんだ、医者代を払えってすごまれて……。私、どうしようかと思いました。もしこんなところを兄に見られたらと思うと、気が気でありませんでした」

「どうして兄上に見られたら、まずいのだ」

「今の人が、斬り殺されるかもしれないからです」

「兄上はすぐ刀を抜くのか」

「はい、抜きます。特に私のことになると、見境がなくなります」

修馬はどきりとした。まわりを見渡す。それらしい侍はいない。修馬があいだに入ったとき娘がほっとした顔になったのは、兄が来る前にことがおさまるのが予期できたからだろう。

「なんにしろ怪我がなくてよかった。名残惜しいが、これでな」

修馬はきびすを返し、歩き出そうとした。

「あの、お名を」

修馬は立ち止まり、娘に向き直った。

「俺は山内修馬という」

えっ、と娘が目をみはる。

「山内さま……」

「俺を知っているのか」

娘がじっと見る。

「あの、どちらにお住まいですか」

「今はこの先の赤坂新町四丁目の太兵衛という小料理屋に世話になっている」

さすがに、太兵衛の物置に住んでいるとはいいがたい。

「なにかあれば、訪ねてくるがよい」

「はい、ありがとうございます」

娘が腰を折る。

「それで、俺を知っているのかな」

「はい、お名だけは」

「どうしてだ」

「太兵衛の女将からうかがったのです」

「なるほど、女将と知り合いだったか」

「申し遅れましたが、私は美奈《みな》と申します」

「美奈どのか。美しいよい名だな」

美奈がにこりとする。頭上の太陽よりもまぶしい笑顔で、修馬はどきりとした。

「では、これで失礼いたします」

「うむ、気をつけて帰ってくれ」

美奈がまた笑顔になり、修馬に背中を見せて歩きはじめた。歩を進める姿勢も引き締まっている感じがあり、好感が持てた。

よいなあ。もっと話をしたかったなあ。どこに住んでいるかも聞けばよかった。もう美奈の姿は見えなくなっていた。

修馬は歩き出そうとして、大金の入った巾着袋のことを思い出した。

「あれ」

そこに置いたはずなのに、なくなっている。

「どこに行った」

ここではなかったか。修馬はあたりを見回した。いや、確かにここだ。まちがうはずがない。消えたということは、まさか盗まれたのではあるまいな。まずいぞ。冷たい汗が背筋を水滴のように滑り落ちる。

「お侍、どうしたんですか」

近所の女房らしい女にきかれた。細い目がつり上がり、左の眉が途中で切れて、どこか貧相な顔をしている。最近は女房といっても眉を剃《そ》らず、お歯黒をしない者が町人には多い。未婚の娘なのか、人の女房なのか、見分けがつきにくい。

「青い顔をされていますよ」

「いや、ここに置いてあった巾着袋がなくなっているのだ」

「ああ、それでしたら、若い男の人が担ぎ上げてそこの路地に入っていきましたけど」

先ほど美奈が、やくざ者が出てきたといった路地である。

「かたじけないっ」

怒鳴るように礼をいって修馬は走り出した。路地に身を入れる。だが、若い男の姿は見えない。修馬は路地を突き抜け、新たな通りに出た。左右を見渡す。大勢の者が、強い陽射しをものともせずに行きかっている。巾着袋を肩に担いでいる若い男はいない。

まずいぞ。額から冷や汗が出てきた。

じっとしているわけにはいかない。巾着袋を盗んだ者はまだ遠くには行っていないはずだ。捕らえ、金を取り戻さなければならない。

どっちだ。ええい、こっちだ。修馬は右側に向けて駆け出した。

若い男と見ると巾着袋を担いでいないか、必ず確かめたが、そういう者は一人としていない。それでも、めげることなく界隈をさんざん捜し回ったが、修馬はついに力尽きた。

息が切れ、脇腹がひどく痛む。汗が出切り、喉が渇いている。唇がひどくかさついていた。着物と袴は汗と土にまみれ、もうずっと長いこと洗濯せずに身につけているかのようなありさまだ。

——見つからぬ。もう駄目だ。

修馬は用水桶の横に座り込み、ため息をついた。

どうすればよい、と修馬は考えた。五両は弁償するしかない。今なら持ち合わせはある。それにしても、最初の仕事でこんなしくじりを犯すとは、なんという愚かさだろう。美奈という娘に目と心を奪われ、巾着袋のことなど忘れてしまっていた。後悔先に立たずというが、ときを戻せたらどんなによいだろう。

しかし酒を飲んだわけではないのに。

修馬は独りごち、首を力なく振って空を見た。まさかと思うが、美奈とあのやくざ者がぐるで、俺から巾着袋を奪うために仕組んだというようなことはなかろうな。いくらなんでも考えすぎだろう。美奈という娘の目に陰りは一切なかった。あの娘はまちがいなくまっすぐ生きてきている。

修馬はよろよろと尻を上げた。まだ昼には間があるが、もう住みかに戻ったほうがよい。ごまかすことなく、なにが起きたか、時造に語るべきだろう。

町奉行所に届けるわけにはいかない。なにしろ闇の両替商の金なのだ。いや、町奉行所の者には懇意にしている稲葉七十郎《いなばしちじゅうろう》がいる。五両の金を奪われたといえば、きっと探し出してくれるのではないか。

それもよいが、その前に、じきやってくるはずの時造に事情を説明しなければならなかった。修馬は道を歩きはじめた。さすがにふらつくが、あまりみっともない姿をまわりの町人たちに見せられない。

赤坂新町四丁目に入り、路地を折れた。太兵衛の戸は閉まっていた。この情けない姿を雪江に見られなかったことは、ありがたかった。修馬は裏に回り、井戸で喉を潤し、顔を洗った。

「はい、どうぞ」

背後から声が聞こえ、修馬はぎくりとした。振り向くと、姿のよい女が立っていた。手ぬぐいを手にしている。

「なんだ、雪江どのか」

「どうしたんですか、しょぼくれた顔をして」

修馬は苦い顔になった。

「しくじりを犯した。できれば雪江どのには会いたくなかった」

「なにがあったのです。その前に顔をふいてください」

「かたじけない」

修馬は厚手の手ぬぐいを受け取り、顔と手をふいた。

「少しは落ち着きましたか」

「ああ、だいぶよくなった。ここの水はよいな。生き返った気分だ」

手ぬぐいを返して修馬は、あらましを話した。美奈という娘に気持ちがいっていた隙《すき》を何者かに見透かされ、巾着袋を取られたことも隠すことなく語った。

「美奈さんとおっしゃったのですか、その娘さんは」

「そうだ。知り合いだな」

「はい、私の知っている美奈さんはとても美しい娘さんで、評判のお人ですよ」

雪江がむずかしい顔になっている。

「巾着袋を若い男が持っていったと山内さまに告げたのは、誰ですか」

「近所の女房だろう。名はきかなんだ」

「どんな人でしたか」

修馬は目の前に面影を引き寄せた。

「目がつり上がり、左の眉が中途で切れている女だ。歳は三十を過ぎているだろう」

「おこんさんね」

「知っているのか」

「ええ、知っています」

修馬は眉根を寄せた。

「まさかあの女が持っていったのではなかろうな」

「おこんさんではないでしょうね。でも、おこんさんには弟がいるんですよ。礼吉《れいきち》さんというんですけど、名とはまったくちがって、手癖がとても悪いので知られているんです」

修馬は光明を見る思いだ。目の前の霧が晴れてゆくかのような、すっきりとした気分になった。

「では、その礼吉が盗《と》ったのだな」

勢い込んでいい、修馬は走り出そうとした。それを雪江が押しとどめる。

「そうかもしれませんが、山内さま、先走ってはなりませんよ」

弟にいい聞かせるような口調だ。修馬はその言葉で冷静になった。

「うむ、手癖が悪いからと、すぐさま犯人と決めつけるわけにはいかんな。それに、礼吉が盗んだのなら、巾着袋を取っていった者がいることを、おこんが俺にわざわざ教える必要はないかもしれぬ。——いや、待てよ」

修馬は腕組みをし、考えをめぐらせた。

「俺がやくざ者を懲らしめている最中、手にした巾着袋を近くに隠しておき、俺がいなくなった隙に安全な場所に運び出すという算段だったら、どうだ。おこんが俺に声をかけてきたことに、意味があるというものだ」

雪江が深くうなずく。

「礼吉はおこんと一緒に住んでいるのか」

「ええ、そうだと思います」

「場所を知っているか」

「詳しくは知りませんが、だいたいはわかります」

雪江が簡潔に話す。修馬は地理を頭に叩き込んだ。

「では、行ってくる」

修馬は走り出そうとした。ふらりと影が隣家の軒下からあらわれ出て、前途をさえぎるように立ちはだかった。修馬はあわてて足を止めた。

「時造ではないか」

時造はよく光る目で修馬を見ている。

「お話はそこでうかがいました」

「そうか、聞いたか」

修馬はうなだれた。

「まことに済まぬ。妙なことになってしもうた。今から金を取り返してくるゆえ、待っていてくれるか」

「あっしも一緒に行きますよ」

時造が気軽に申し出る。

「本気か」

「ええ、どんな野郎があっしの金を盗っていったのか、確かめたいんですよ」

「よかろう。ついてきてくれ」

時造がかぶりを振る。

「あっしが先導いたしますよ」

「そうか。ならば頼む」

時造が駆け出す。修馬はすぐさまあとに続いたが、時造は足が速く、ついてゆくので精一杯だった。時造は修馬のことを案じ、ときおり振り返っては足をゆるめてくれた。おかげで離されることなく、修馬は目当ての家にたどりついた。

時造はまったく息を切らしていない。目の前に建つ家に、厳しい目を当てている。

この暑さの中、走り抜いたのは修馬にはだいぶこたえた。両手を膝に置き、しばらく肩で息をしていた。

「大丈夫ですかい」

「なんとかな」

「女将さんの話では、おそらくここですね」

修馬は見つめた。長屋ではなく一軒家である。ただし、だいぶ古びており、建ってからどれだけの年月を経ているかわからない。火事の多い江戸でここまで古い建物というのは、なかなかないのではないか。家自体は狭く、せいぜい三部屋がある程度だろう。板の壁の何カ所かに亀裂《きれつ》が走り、雨樋《あまどい》には草が生えている。建て付けの悪そうな戸口は道に面していた。

中から、人の話し声が聞こえてくる。男と女のようだ。おこんと礼吉の姉弟《きょうだい》だろうか。笑い声が混じる上機嫌な会話に聞こえるが、おそらく勘ちがいではないだろう。

山内さま、と時造がひそめた声をかけてきた。修馬は顔を向けた。

「中に入りますよ」

「どうやって入る。まさか蹴破《けやぶ》るのではあるまいな」

「そんな乱暴な真似はしません」

時造が戸口に立ち、優しく声をかける。

「おこんさん、いるかい」

中の話し声がぴたりと止まった。

「おこんさん」

時造がもう一度呼んだ。

「誰だい」

おこんの声が返ってきた。

「おいらだよ。ちょっと用事があるんだ。出てきてもらえるかい」

「ええっ、いったい誰だい」

苛立《いらだ》たしげな声のあと、がたぴしと音を立てて戸がひらいた。おこんが顔をのぞかせる。時造を見て、怪訝《けげん》そうな表情になった。

「あんた、誰だい」

「名乗るほどの者じゃない」

「なんだって」

時造がおこんの肩越しに家の中をのぞき込む。おっ、と声を漏らす。

「そこにいるのは礼吉さんだね。――おこんさん、入らせてもらうぜ」

「ちょ、ちょっと待ちなさいよ」

おこんを無視して時造が修馬を手招いた。

「あっ」

おこんの面《おもて》に狼狽《ろうばい》の色が走る。

「おこん、俺も入らせてもらうぞ」

「やめてよ。人を呼ぶわよ」

「望むところだ。番所の者を呼んでよいぞ」

番所と聞いて、おこんが黙り込む。時造がおこんを押しのけて、土間に立った。修馬も続いた。中は、胸が悪くなる饐《す》えたようなにおいが充満していた。四畳半の部屋が二つ並び、左側に六畳ほどの座敷があった。その奥は台所で、竈《かまど》がしつらえられていた。

「なんなんだ、あんたら」

手前の四畳半にいた、まだ二十二、三と見える若い男が立ち上がり、修馬と時造をにらみつける。

「おまえが礼吉か」

修馬はにらみ返した。礼吉は狐《きつね》のような顔をしていた。おこんの弟であるのは一目でわかる。二人はそっくりだ。

「おっ、あるじゃないか」

礼吉の足元に、波銭のさしが山になって置かれていた。そのかたわらでは、空の巾着袋がほったらかしになっている。修馬は目を輝かせ、波銭の山にいそいそと近づいた。

「なにをする気だ」

礼吉が叫び、金を守るように修馬の前に立ちはだかる。修馬は礼吉に顔を寄せた。

「金を返してもらうだけだ」

「これは俺たちの金だ」

「いや、俺の金だ。正確には、この時造の金だ。おまえは俺からくすねたにすぎぬ」

「あんたの金だって証拠はあるのか」

「ないことはない」

修馬が静かに告げると、礼吉の目がわずかに泳いだ。弟の隣にやってきたおこんが憎々しげな声を放つ。

「礼吉、はったりに決まっているよ。気にすることはないわ」

「ところで礼吉、その金が全部でいくらあるか知っているか」

修馬はあくまでも冷静にきいた。

「知っているさ。あんたはどうだ」

「知っているに決まっておろう。波銭のさしが四十六個だ。それと、ばらで百文ある。どうだ、ぴったりだろう。俺が両替した金だから、知っているのだ。ちょうど五両だ」

「額を知っていることが、自分の金であることの証拠だっていうのかい」

おこんが声を上げ、目を怒らせる。

「額を知っているくらいでは、証拠にならぬのは百も承知よ。証拠というのは、これだ」

修馬は畳の上の巾着袋を拾い上げて中に手を突っ込み、すぐさま抜き出した。手には一枚の紙が握られている。

おこんと礼吉が顔を見合わせた。あんなのあったかい、いや気づかなかった、と目で話し合っているのが知れた。

「この紙がなんだかわかるか」

修馬は、少ししわになっている紙をおこんと礼吉の前で広げてみせた。

「紙の端に字が書かれているな。これは一枚の紙の半分ゆえに、こうなっている。だが、これだけではなんのことかわからぬだろうな。――時造、例の預かり証を持ってきているな」

「もちろんですよ」

時造が懐から取り出す。

「どうぞ」

修馬は受け取り、自分の紙と時造の紙の破れ目をぴったりとくっつけた。

「どうだ、五両と書かれているのが見えるか」

おこんと礼吉が紙を見つめ、啞然《あぜん》としている。二人とも口がだらしなくあいていた。

「これが証拠だ。巾着袋に五両の預かり証が入っていた。これなら動かぬ証拠になると思うが、どうだ。おこん、礼吉、これでも自分たちの金だといい張るか」

おこんと礼吉は、しばらく呆然と立ちすくんでいた。

「すみませんでした」

唐突に礼吉が頭を下げた。

「では、くすねたことを認めるのだな」

「はい、あっしは確かにお侍のお金を盗みました。すみませんでした」

「では、金は返してもらうぞ」

さしの山に近づいた修馬は巾着袋に金をどさどさと入れはじめた。時造が手伝う。

すべて入れ終わると、修馬は立ち上がった。

「この者たちはどうします」

時造がきく。

「さて、どうするか。番所に知らせたほうがよかろうな」

「どうか、お許しください」

おこんががばっと正座し、畳に両手をそろえた。同じことを礼吉もする。

「弟は出来心だったんです。もう二度とさせません。あたしからよくいって聞かせるので、どうか、お許しください。お願いします」

修馬は顎に手を当て、考え込んだ。

五

「今頃、やつら、舌を出しているに決まってますよ」

巾着袋を肩に担ぐ時造が、ちらりとうしろを振り返っていった。

修馬は小さく笑った。

「俺にもそのくらいわかっているさ」

「あえて許したということですかい」

「時造は、俺のやり方が不満か」

「そんなことはないんですけどね……」

「確かに甘すぎるかもしれぬ。俺にも、やつらがまた同じようなことをすることはわかっている。礼吉はこれまで、番所に一度ならず捕まっているはずだ。礼吉はまだ若いが、どのみち行く末は見えている。いずれ遠島か死罪かだろう。俺がやつの背中を押すことはないと思った。それに……」

時造が修馬を見つめる。

「それに、なんですかい」

待ちかねたか、時造がうながしてきた。

「お互いさまともいえる」

「なにがお互いさまですかい」

「これだ」

修馬は袂から預かり証の紙を出した。時造が一瞬いぶかしげな顔になったが、すぐに合点がいったようだ。

「なるほど、そういうことですかい。はなから預かり証は、この巾着袋には入っていなかったということですね」

巾着袋を揺すってみせる。

「ご名答。預かり証をそいつにしまう理由がないからな」

「畳から空の巾着袋を拾い上げられたとき、預かり証は手のうちに握り込んでいらしたんですね。それで巾着袋に手を突っ込み、預かり証が中にしまってあったようなふりをされた。こういうことですね」

「そうだ。苦肉の策だな」

時造がにこにこする。

「よくばれませんでしたね」

「あの二人のおつむがあまりよくないことが幸いしただけだ。うまくいきすぎたきらいはある。だが、そんなことをせずとも、五両を両替した銭屋に行けばことは済んだだろうな」

「どういうことですか」

「紐だ。さしを一つ取り出して、紐を見てみるがよい」

「ちょっと待ってください」

時造が足を止め、巾着袋からさしを手に取る。紐をしげしげと見た。しばらく見つめていたが、大きく顎を引いた。

「これですね。目印があります。墨で二つの点が記してありますよ」

「その通りだ。銭屋で両替した際、俺は紐に汚れがついているのかと思った。だが、それはわざと墨でつけた目印だったのだな。もしもなにかあった際、あの店から出たさしであるのを明かすための目印だろう」

　時造が深くうなずく。

「両替した銭屋は、そういうふうに備えているのだ。あの店におこんと礼吉を連れてゆき、俺と顔を並べれば、番頭はきっと証言してくれただろう。うちで五両を両替されたのはこちらのお方です、と俺を指さしたにちがいあるまい。それで番所に通報され、礼吉は捕まっていただろうな。もっとも、俺は闇の両替商だから、あまり番所とは関わりたくないというのが本音だ」

　修馬は時造を見た。

「おぬしはどうだ」

「どうとおっしゃいますと」

「とぼけるな。五両の出どころだ。突っ込まれるのは、いやなのではないか」

「そんなことはありませんよ」

　時造がにこやかに言う。

「この五両は真っ当な手立てで得た金ですから。山内さまに頼んだのは、銭屋でうるさく聞かれるのを避けたに過ぎません」

「そうか。ならばよい」

辻の前で時造が立ち止まった。

「あっしはこっちなんで、ここで失礼いたします」

「そうか。住まいはどこだ」

「この先ですよ」

はぐらかされたが、あまり人には知られたくないのだろう。やはり時造という男は、裏で怪しげな仕事をしているとしか思えない。

「ではな。また両替してほしくなったら、持ってきてくれ」

「承知いたしました」

商人のように答えて時造がにやりと笑う。

「では、これで」

巾着袋を担ぎ直し、一礼して坂道を北にのぼっていった。

修馬はそのまま道をまっすぐ進んだ。袂には、切賃としてもらったさしが入っている。その重みが心地よい。

太兵衛に戻るや、仕込みに忙しい雪江に、おかげですべてうまくいったと話した。雪江が笑顔になり、よかったですねえ、といった。修馬もつられて笑った。

「本当に雪江どののおかげだぞ」

「いえ、私はなにもしちゃいませんよ」

あの、といって男が、まだ暖簾のかかっていない戸口をのぞき込んできた。

「あら、鯛之助《たいのすけ》さん」

太兵衛のなじみの客である。修馬も二度ばかり顔を合わせたことがある。

「お店はまだなのよ」

「いや、飲みに来たわけじゃないんだ」

鯛之助が修馬を見る。

「両替をお願いしたいんですけど」

「ああ、お安いご用だ。いくらだい」

「一分を」

「波銭でいいか」

「ええ、けっこうですよ」

「ありがたいな。ちょうど持ち合わせがあるのだ」

修馬は袂から波銭のさしを取り出した。時造の五両を両替したことで、二分の切賃が入った。目の前のさしの半分を鯛之助に渡せばよいことになる。だが、一割の切賃を引かなければならない。

どうすればいいのだ。もともと計算は得手ではなく、修馬は考え込んだ。

一両は三千七百文。一分はその四分の一である。九百二十五文が一分ということになる。それからさらに一割を引くとなると。そこまで考えて修馬は頭がこんがらがった。

「わしの儲けの切賃は九十二文でよい。八百三十三文がおぬしの手元に残ることになるが、それでよいか」

「はい、けっこうでございます」

修馬はまず二つの波銭のさしを渡した。これで八百文。それに加え、九枚のばらの波銭も渡した。

「全部で八百三十六文になるが、三文はおまけしておこう」

「よろしいんですかい」

「うむ、かまわぬ。おぬしとは初めての取引だし、俺もこの商売をはじめてまだ間もない。開店祝いのようなものだ」

「ありがとうございます。助かります」

鯛之助が金を財布にしまい入れた。

「またお願いすることもあるかもしれません。そのときはよろしくお願いいたします」

「うむ、任せてくれ」

修馬は胸を叩いてみせた。

「じゃあ女将さん、これで。また来ます」

「はい、お待ちしています」

鯛之助が出ていった。

「商売繁盛ですね」

「まったくだ。昨日から今日にかけての儲けはなかなかのものだぞ」

「よかったですね」

「本当によかった」

翌日も一分を両替してほしいとか、二分を頼んでくる者とか、一両を持ってくる者とか、意外にこまごまと忙しかった。修馬は、市井《しせい》には両替に悩んでいる者が多いことを思い知った。人助けになって、しかも儲けが確実に出る。なんとすばらしい仕事を得たものか。

あの平吉という梅干しの行商人には、感謝してもしきれない。

翌朝、修馬が裏の井戸で歯を磨き、洗顔したのち物置に戻ってくると、戸口の前に男がいた。修馬に気づき、暗い目を向けてきた。

まだ若いのに、ずいぶんとくすんだ瞳をしている。どんな暮らしを送ればこんな目になるのだろう、と修馬は男のことを気の毒に感じつつ、そんなことを思った。

「山内さまですか」

声は陰気ではない。明朗とはいいがたいが、響きのよい落ち着きのある声をしている。

「これをお願いしたいのですが」

ちらりと見せたのは小判である。

「ちと中に入ってもらえるか」

修馬は戸をあけ、男をいざなった。

「むさいところで済まぬ」

「いえ」

修馬と男は向き合って座った。明かりの消えた行灯が隅で所在なげにしている。

「俺の商売だが、どこで聞いた」

修馬はまず確かめた。

「太兵衛の常連さんですよ」

「常連というと、誰かな」

男がかぶりを振る。

「それはいわない約束なんで」

「そうか」

この分では、目の前の男の名をきいてもしゃべらないのではないか。はなから穿鑿するつもりはないから、問題はないが、一応たずねてみた。

「路兵衛《ろへえ》といいます」

あっさりと答えたものだから、修馬は拍子抜けした。路兵衛を見つめる。あまり表情がない。肌に泥でもなすりつけているのではないかと思うほど、しゃべってもほとんど口が動かず、頬をゆるめるわけでもなかった。

「それで、いくら両替してほしい」

「これだけです」

路兵衛が畳に並べたのは十枚の小判である。

「なんと十両もか」

修馬はこれだけの小判を目にしたのがいつ以来かわからず、しげしげと見た。

「全部一文銭にしてほしいのです」

修馬は目を上げた。

「すべて一文銭か。波銭が混ざってはまずいのか」

「はい、全部一文銭でお願いいたします」

「わかった。だが、そんなに多くの一文銭をどうするのだ」

路兵衛はなにも答えない。口を引き結び、沈黙を貫いている。

修馬は軽く息をついた。

「今すぐにというのは無理だが、それでもかまわぬか」

「ええ、けっこうですよ」

「取りに来てくれるか」

「できれば、手前のところに持ってきていただきたいのですが」

「よかろう」

修馬は路兵衛の住みかをきいた。

元赤坂町ということだ。

「紀州家の屋敷のそばだな」

「京田屋《きょうたや》という太物《ふともの》問屋の裏だから、すぐにわかります」

「一軒家か」

「さようです」

「いま預かり証を書くゆえ、待ってくれるか」

文机に体を向けた修馬は、紙に『金十両』と大きく書き、墨をふうふうと乾かしてからそれを二つに裂いた。

「これが預かり証だ。なにしろ闇の両替商なので、こんなものしか書けぬ」

「十分ですよ」

路兵衛がこうべを垂れる。

「では山内さま、よろしくお願いします。お待ちしております」

「ああ、できるだけ早く行こう」

路兵衛が出ていった。戸口で見送った修馬は戸を閉め、畳に座り込んだ。

十両ということは、と考えた。口銭は一両ということになる。両替するだけで一両もの大金が入ってくる。これはこたえられない。これぞ、まさに濡れ手に粟《あわ》の大儲けだろう。

よし、行くか。修馬は勇んで立ち上がった。今なら外の暑さも気になるまい。むしろ、太陽が祝福して頭上で輝いているとすら思えるのでないか。

修馬はさっそく外に出た。自分の取り分である切賃を引いて、九両を銭屋で両替するつもりでいる。

十両を一文銭だけで両替するのは一軒の銭屋では無理で、修馬は三軒に分けて両替した。途中、銭の束があまりに重くなってきた。とてもではないが、自分の力だけでは運べない。なにしろ九両の小判は、全部で三万三千三百文になり、重さは二十七貫（約一〇〇キログラム）近くになるのだ。よほどの剛力でない限り、担いでは運べない。そのことに事前に気づいておくべきだった。相変わらず自分は抜けている。

修馬は、二軒目の銭屋のそばに荷車が置いてあるのを見た。魚屋のものとのことだ。魚屋の店主にきくと、使っていいですよ、でも必ず返してくださいね、ということだった。修馬はありがたくその言葉に甘えた。

銭の束を積み、その上に筵《むしろ》をかけた。それから荷車を引き、三軒目の銭屋へ向かった。

路兵衛の住まいはいわれたところにちゃんとあった。一軒家でこぢんまりとしているが、おこんと礼吉の家とは異なり、ずいぶんと新しい。建てられてまだ間もなく、木のにおいがほんのりと香っている。

九両分の一文銭を見て、路兵衛が控えめな喜び方をした。

「ありがとうございます」

「いや、こちらも商売なんでな」

路兵衛が小さく笑みを漏らした。山内さま、と呼びかけてきた。

「もっと持ってきてくださいますか」

「もっとか」

「さようです」

路兵衛が懐から巾着を取りだし、中から小判を手渡してきた。

「今度はこれだけお願いします」

数えてみると二十枚もあった。

「二十両もか」

「はい。山内さまが信用のできるお方とはっきりいたしましたので、今回は倍をお願いすることにいたします」

「二十両すべて、一文銭にすればよいのだな」

「それでお願いいたします」

「預かり証を書こう」

「いえ、けっこうでございます」

「そうか。これはいつまでに必要かな」

「早ければ早いほどどうれしゅうございます」

「わかった。できるだけ早く持ってこよう」

そうはいったものの、今日はさすがに疲れきった。魚屋に荷車を返してから、住みかの物置に引き上げ、昼寝をした。起きたらすでに夕方に近く、こいつはずいぶん寝たものだと我ながらあきれた。それだけ疲れたというのもあったのだろう。

物置でごろごろしていたら、いいにおいが流れてきたので、外に出てみると、太兵衛に暖簾がかかっていた。

雪江のつくったこの上なくうまい食事に舌鼓を打っていたら、なじみの客が次々に暖簾を払って入ってきた。

「今夜は俺のおごりだ」

修馬は皆に宣した。

「よっ、太っ腹」

「お大尽」

そんなことをいわれて、修馬は飲んでいないにもかかわらず、とても気分がよかった。

徒目付になど二度と戻れるか、と強く思った。こんなに気楽で自由な暮らしを、手放せるはずがなかった。

酒を飲んでいないので、もちろん二日酔いはない。気分は上々である。

修馬は物置のはす向かいに住む年寄りから荷車を借りた。それを引いて、朝から二十両の両替に精を出した。

「これだけの一文銭をどうされるんですか」

一軒目の銭屋にいきなりきかれた。

「両替を頼まれているだけで、詳しいことはよくわからぬ」

正直なところを修馬は吐露した。銭屋の番頭がむずかしい顔つきになった。

「お侍は天保通宝《てんぽうつうほう》をご存じですか」

「ああ、百文銭のことだな。お目にかかったことはないな」

水野忠邦《みずのただくに》がつくったという銭である。

「あまり大きな声ではいえませんが、それは偽金に使われるのかもしれませんよ」

「なんだと」

番頭が帳場格子越しに身を乗り出し、小声で告げた。

「天保通宝も寛永通宝も銅からできています。六枚ほどの寛永通宝を鋳つぶせば、一枚の天保通宝ができるだけの量の銅が取れます」

「ええっ、六文が百文になるということか」

「天保通宝は実際には八十文ほどの価値しかありませんけど、それでもすごい儲けが出ますよ」

「ああ、その通りだな。だが、そんなにたやすく偽金などできるのか」

「なんでも、大勢のお大名が精を出しているというお話ですよ」

なんだと、と修馬は思った。

「大名が行っているのか」

「ええ、どこも台所の事情は似たり寄ったりで、苦しいらしいですからね」

それは知らなかった。修馬は路兵衛の顔を思い出そうとした。だが、会ったばかりなのに、脳裏に描きにくい。表情がないあの顔は、裏で阿漕《あこぎ》な真似をするための隠れ蓑《みの》なのか。人相書をつくられにくい顔であるのは、まちがいない。

それでも、この銭屋は三両分の寛永通宝を出してくれた。

俺は偽金造りに荷担しているのかもしれぬのか。

正直、心中穏やかではない。

ほかの銭屋でも偽金のことを示唆する言葉を聞かされた。

これはちがうのだ、きっと別の理由があって一文銭に替えているにちがいないと自分にいい聞かせて、修馬はなおも両替に励んだ。

今日も暑く、汗みどろになっている。太陽が高くなり、荷車がひどく重く感じられた。

頭がふらふらしてきた。笠を買っておくべきだった。この前考えたばかりなのに、忘れてしまっていた。

「おっ、修馬ではないか」

前から声がかかり、修馬は驚いて顔を上げた。大きな頭が目に入った。うっ、と修馬は心中でうめき声を発した。

目の前に立っているのは久岡勘兵衛である。

「元気か」

「うむ、この通りだ」

「なにをしている」

勘兵衛の目が荷車に向けられる。銭には筵がかかり、縄で縛ってあるから、荷物がなにか知られることはない。

「ちょっと仕事だ」

修馬は勘兵衛を見つめた。血色はよいが、少しやせたようだ。相変わらず激務をこなしているのだろう。禄《ろく》のために、家を守るために、家人たちのために必死に働いている。修馬は勘兵衛が哀れに感じられた。

「お頭《かしら》、いや、久岡どのこそ、なにをしていらっしゃる」

「市中見廻《みまわ》りだ」

勘兵衛が穏やかに答える。数人の配下を連れている。

修馬が偽金造りの片棒を担いでいるかもしれないことを、もし勘兵衛が知ったらどうするだろうか。今はとにかくやり過ごすしかない。下手にこそこそしたら勘兵衛は勘がよいから確実に怪しまれる。修馬は堂々としていることだけをひたすら心がけた。

勘兵衛の後ろにいる元同僚の目がひどく冷たい。針のようにちくちくと刺さる。

くびになった理由が理由だけに、仕方あるまい。

だが、勘兵衛だけはちがった。瞳にはあたたかさが宿っている。

「修馬、今どうしている」

くびにしておいて大きなお世話だと思ったが、修馬は微笑を浮かべた。

「なにもしておりませぬ。適当に仕事して、なんとか糊口をしのいでおりもうす」

「そうか。なにかあれば、遠慮なく顔を見せてくれ」

それはむろん屋敷のほうにである。徒目付の詰所《つめしょ》は、徒目付のほかには用を引き受けている坊主しか入れない。詰所どころか、浪人の身分でしかない修馬は千代田城に入るのも無理だろう。

「では、これでな。修馬、元気でいてくれ」

「お頭、いや、久岡どのも」

勘兵衛が軽く顎を引いた。

修馬は大きく息をつき、再び荷車を引きはじめた。次の銭屋を目指す。

「あっ、いらっしゃった」

背後から大声が聞こえた。自分には関係なかろうと判断し、修馬はその声を気にしなかった。

「山内の旦那《だんな》ぁ」

声がまた届いた。なんだ、俺を呼んでいたのか。修馬は足を止め、振り返った。

一人の男が息を切らしてやってきた。茹《ゆ》で蛸《だこ》のように真っ赤な顔をしている。

「捜しましたよ」

こいつは誰だったかな、と修馬は思った。見覚えはある。すさんだ顔つきをしているが、どこか人のよさもほの見えている。

「山内の旦那」

あえぎながら、再び呼びかけてきた。俺をこんな呼び方をする者はほかにおらぬ。

この男はやくざ者の元造の子分だ。そうしたら、男の名も思い出した。

「おまえ、確か竜三《りゅうぞう》といったな。元造がどうかしたのか」

「親分がどうかしたということはございません。ご安心ください」

「早く言え」

「すみません。山内の旦那、意外に短気でいらっしゃいますね」

「暑いからな。暑いと人というのは、気が短くなるものだ」

「そういうものですかい。知りませんでしたよ。山内の旦那は物知りですねえ」

修馬はにらみつけた。

「ああ、さいでしたね。実は出入りを急にやることになったんですよ」

「いつだ。まさか今日、この暑い盛りにするつもりではなかろうな」

「いいえ、明日です。明日の夕刻です」

「それを聞いて安心した」

「では、ご都合は大丈夫ですかい」

「うむ、大丈夫だ。安心しろ」

竜三が安堵の息をつく。

「明日、お住まいにお迎えにまいります」

「いや、俺のほうから出向こう。夕刻からなら、七つ（四時）までに行けばよいな」

「はい、それでけっこうでございやす」

竜三が辞儀する。

「では、山内の旦那、明日は是非ともよろしくお願いいたします」

「うむ、任せておけ」

竜三が去っていった。

刀の手入れをせねばならぬな、と修馬は思った。やくざの出入りで人を斬ることはまずないが、錆《さ》びた刀を持ってゆくわけにはいかない。

よし、もう一仕事だ。

強い陽射しを浴びつつ、修馬は再び荷車の梶棒《かじぼう》を握り締めた。

第二章

一

夕凪《ゆうなぎ》というべきなのか、それともこれが江戸の夏なのか。

修馬は、一筋の汗が頰《ほお》に流れてきたのを感じた。鉢巻をしているのに、なんの役にも立っていない。

汗が目に入ったら、戦いにくい。いや、戦えないだろう。死人の滅多に出ないやくざの出入りとはいえ、命に関《かか》わる。

修馬は鉢巻を外し、きれいに折りたたんでから再度、ぎゅっと額に巻いた。

ふう、暑い。修馬は心のなかでつぶやいた。

風は四半刻《しはんとき》（三十分）ほど前に強く吹いたが、それきり絶え、そよぎもしない。じっとりと蒸し暑く、じっとしているだけでも全身から汗がにじみ出てくる。着物が肌にまとわりつき、気持ち悪くてならない。今から湯屋に行けたら、どれほどすっきりするだろう。太陽はすでにかなり傾き、あと一刻（二時間）もしないうちに西の空に没する。

「おい、元造」

修馬は隣に立つ親分に声をかけた。

「いったいいつになったらはじまるんだ。にらみ合ってから、かれこれ一刻近くたつんじゃないか。わざわざ麻布の原っぱまで出向いたっていうのに、にらみ合っているだけでは、なんにもならぬぞ」

草が茂り放題の原っぱは、三町（約三二七メートル）四方は優にある広さだ。まわりは田畑が囲み、林や百姓家がちらほら見えるだけで、人けはまったくない。出入りには恰好《かっこう》の場所で、とうに相手のやくざ一家も勢ぞろいしているが、互いに気勢を上げ、罵《ののし》り合っているだけだ。

「さいですねえ」

元造が首をひねる。

「戦機というんですかね、それが熟していないってことになるんでしょうねえ」

たかがやくざの出入りのくせに戦機か、と修馬はあきれた。

「この原っぱで、出入りはよく行われるのか」

「少なくとも、うちは初めてではありませんぜ」

「そうか、やったことがあるのか。知らなかったな」

「ずいぶん昔のことです。山内の旦那《だんな》とはまだ知り合っていないときですよ」

「ふーん、そうなのか。元造、そのときは勝ったのか」

元造が鼻の穴をふくらませた。

「ええ、勝ちましたよ」

「験がいい場所なのだな。ここで出入りを行うことは、相手と打ち合わせるのか」

「さいです。互いに使者を立てましてね。ここなら互いに近いし、いいだろうということになりやした」

「つまり、この原っぱで出入りを行うことは、あらかじめわかっていたわけだな。元造、それが幸いしたということか」

元造がこわばった笑みを浮かべる。

「そういうこってす。でも、まだうまくいくかどうかわかりませんけどね」

「なに、うまくいくさ」

断言し、修馬は気勢を上げ続けている相手の一家を眺めやった。

「向こうの親分は、なんといったかな。五郎蔵《ごろぞう》だったか」

これまでにも何度か聞いたが、どうも覚えられない。

「五郎助ですよ」

元造が憎々しげに吐き捨てる。

「それにしても、なかなかの人数だな」

五郎助一家は一町(約一〇九メートル)ほど向こうに陣取っており、大勢の子分をしたがえている。

「用心棒は七人といったところだな」

修馬は、敵の浪人らしい者がどこにいるか、すでに確かめ終えていた。いずれも鉢巻、襷《たすき》がけをし、着流しの裾《すそ》をたくし上げている。

修馬も似たような恰好だが、今日も袴《はかま》ははいている。股立《ももだち》を取り、動きやすいようにしていた。

「ええ、かき集めたんでしょうね。うちの倍以上ってことですね。七人の用心棒を入れて、総勢で五十人近いでしょう。もっとも、そのくらいの人数で来ることは、はなから承知していますぜ。思った以上ということはありやせん」

「それはそうだろうな」

五郎助一家の者たちは竹槍《たけやり》や長どす、六尺棒を突き上げてなにやら叫んでいるが、声が割れてよく聞き取れない。どうせ、くだらぬ悪口をいっているだけだろう。

修馬は首を回して元造一家を見た。こちらは三十人を超える人数をそろえている。味方の用心棒の二人とは今日初めて顔を合わせたが、そこそこ遣える程度でしかないのを修馬は一目で見抜いた。やくざ者を相手にするのならまず負けないだろうが、用心棒が相手をしなければならないのは敵の用心棒である。いざぶつかり合った際、戦いぶりはあまり期待できそうにない。

とはいえ、向こうの用心棒も驚くような腕の持ち主はいないだろうから、味方の二人には敵の用心棒を一人ずつ受け持ってもらえれば十分である。

修馬自身、あまり剣に自信があるほうではないが、四、五人の用心棒はなんとか叩《たた》きのめせるのではないかと考えている。それくらいやれる自負はある。

ここに勘兵衛がいれば鬼に金棒なのだが、と修馬は思った。しかし、ない物ねだりをしても仕方がない。

以前、気の進まない様子の勘兵衛を出入りに無理に連れてきたことがあったが、いざ戦いがはじまってみると、相手の用心棒をものの見事に叩き伏せるなど、ほれぼれするほど強かった。

あの頭の大きな男の活躍によって元造一家は勢いづき、出入りは大勝利に終わったのである。おかげで、元造一家は存亡の危機を乗り越えることができた。

実に頼もしかった。俺も今日は勘兵衛のごとき働きを見せねばならぬ。

修馬は、五郎助一家が上げる喊声《かんせい》がひときわ高くなったのを感じた。それと同時に、動きがあわただしくなっている。

「来るぞ」

元造に告げた。

「ええ、そのようですね」

五郎助一家に厳しい目を当てている元造も、敏感に感じ取っている。伊達《だて》に三十人からの子分をまとめ上げてはいない。

「山内さま、頼みますよ」

元造が鋭い光をたたえた目を向けてきた。この出入りに懸ける強い気持ちがよくあらわれている。

「おう、任せておけ」

修馬は刀の柄《つか》を叩いた。

「俺が必ず勝利に導いてやる」

自らを鼓舞するようにいったら、本当に闘志が湧《わ》いてきた。元造のためにもやらねばならぬ。

やくざの出入りに過ぎぬとはいえ、人のために働くのは悪いことではない。ふつふつと血がたぎってきているのが、はっきりとわかった。

修馬が帯びているのは刃引きの刀である。これならば、まず人を殺すことにはならない。向こうの用心棒は真剣でくるだろうが、おそらく殺すつもりはない。腕や足に傷をつけて戦えなくすることを狙《ねら》って、刀を振ってくるにちがいなく、そういう斬撃《ざんげき》に気をつければまず大丈夫だろう。

いつの間にか五郎助たちが静かになっていた。罵声《ばせい》が消え、草原には静寂のとばりが降りている。

行けえ、野郎ども。元造一家を血祭りに上げろっ。一人たりとも生きて帰すな。

いきなり野太い声が五郎助一家から響いて、静けさを突き破った。一家の真ん中にいる一人の男が長どすを振り上げている。

「あれが五郎助か」

一町の距離を隔てていても、短躯《たんく》で肥えた男であるのはわかった。手が短く、その動きは蛙《かえる》を思わせた。

「あの野郎、ぶっ殺してやる」

元造が闘志をあらわにつぶやく。

おう。五郎助一家が喊声を上げ、波のように押し寄せてきた。五郎助の近くには五、六人の子分と一人の用心棒が居残っている。あそこに一気に斬《き》り込み、五郎助を叩き伏せることができれば、こちらの勝利ということになるだろう。だが、そう甘くはあるまい。

「まだ動くなよ」

元造が子分たちに冷静に命じる。

「できるだけ引き寄せろ」

修馬は、残りの用心棒たちがどこに配されているか、確かめた。六人は二人ずつに分かれて近づいてきていた。こちらの用心棒が三人しかいないのを見て取り、二人で一人を倒そうというのだ。すでに抜刀しており、橙《だいだい》色の陽射《ひざ》しを受けて、刀身がきらきらと光を帯びている。

悪くないやり方だな、と修馬は思った。

「美濃部《みのべ》氏《うじ》、豊田《とよだ》氏《うじ》」

元造を挟んで立つ味方の用心棒に声をかけた。二人が修馬に顔を向けてきた。瘦身《そうしん》の美濃部は頬が引きつっており、やや腹が出ている豊田のほうは唇が乾ききっている。二人とも顔面蒼白《そうはく》である。明らかに緊張している。場数を踏んでいないのだ。

やはり期待できそうにないな、と修馬はあらためて思った。逃げ出そうとしないだけ、まだましということだ。

「俺が四人を受け持つ。おぬしら二人は離れず、互いに助け合って戦えばよい」

「えっ、まことか」

美濃部が救われたという声を出す。

「山内氏、それで本当によいのか」

豊田もほっとした顔を隠せない。

「うむ、かまわぬ」

修馬は深くうなずいた。

「ただし、責任を持って敵の二人を受け持ってくれ」

「承知した」

美濃部が顎《あご》を上下させ、豊田がきいてきた。

「我らはどの敵を受け持てばよい」

修馬は、長く伸びた草をかき分けて殺到してくる五郎助一家に目を投げた。距離は半町（約五五メートル）ほどに縮まっている。相手の顔がはっきりと見えはじめている。誰もが目を血走らせ、かたくこわばった顔をしている。六人の用心棒も例外ではない。

「右端の二人組を頼みたい。よろしいか」

「わかった」

自分が相手をする敵を見定めた美濃部が短く答え、ごくりと唾《つば》を飲む。豊田が決意をみなぎらせた顔つきになった。

「我らが受け持つあの二人は、決して山内氏のほうへはやらぬ。安心してくれ」

二人とも蒼白のままだが、もう十間（約一八メートル）ほどに五郎助一家は迫ってきており、やるしかないと心を決めたようだ。

この分なら、任せても大丈夫だな。よし、やってやるぞ。俺は今より久岡勘兵衛だ。

修馬は刃引きの刀を引き抜いた。美濃部と豊田が修馬にならう。元造一家の子分たちは腰を落とし、六尺棒を構えている。得物は六尺棒で統一していた。元造だけが長どすを腰に帯びている。

ついに、あと三間（約五・四メートル）というところまで五郎助一家がやってきた。いきなり、あっ、と狼狽《ろうばい》の声を発して五郎助一家の一人が転倒した。それを合図にしたかのように草原にはいつくばる者が続出した。

「やったぞ」

目をつり上がらせて元造が声を出した。これが元造の施した策で、あらかじめたくさんの草を縛っておいたのだ。

「者ども、やれっ、行けえ」

元造が叫び、長どすを采配のように振った。

おう、と子分たちが駆け出す。修馬も遅れじと地面を蹴《け》った。美濃部と豊田は右手に位置する二人の用心棒に向かって走りはじめている。敵の用心棒で、草の罠《わな》に足を取られた者はいない。転んだ者たちも、手で地面をかいてなんとか立ち上がろうとしていた。

そこに元造の子分たちは突っ込んでいった。六尺棒で顔をひっぱたき、腹を突いている。意外に強い。

修馬は、敵の中央に位置している二人の用心棒に向かって突進した。数瞬で間合に入った。一人の敵が刀を振り下ろしてきた。なかなか鋭い斬撃だったが、その動きはよく見えている。修馬はかわし、刀を袈裟懸《けさが》けに振り下ろした。敵も修馬の動きが見えているのか、さっと後ろに下がってよけてみせた。

もう一人の敵は、修馬の背後に回ろうとしていた。修馬は目の前の敵に刀を向けつつも、後ろの敵の気配を背中でじっと探っていた。背後の敵は、修馬が気づいていないと踏んだようで、無言で斬りかかってきた。

修馬はそれを待っていた。体を鋭くひるがえすや、下から刀を振り上げていったのだ。この修馬の動きを敵は予期していなかったようで、刀はまともに腹に入った。

ぐっ、と息の詰まった声を出し、敵が地面に両膝《りょうひざ》をついた。刀を放《ほう》り出し、草の上でのたうちはじめた。腹を打たれると、形容しがたい苦しさに襲われることは、修馬も知っている。敵といえども、用心棒にうらみはないが、すまぬな、これも浮き世の義理というやつだ、と修馬は思った。やくざの出入りにすぎないとはいえ、敵の用心棒もこのくらいは覚悟していたのではあるまいか。

おのれっ。味方の仇《かたき》を討とうと、眼前の侍が怒声を発して斬りかかってきた。仲間が倒されたことで頭に血がのぼって、力み返っており、斬撃に最初ほどの鋭さはなかった。修馬は軽々とよけ、同じように腹に刀を叩き込んだ。

がふっ、と唾を飛ばし、刀を取り落として用心棒がうずくまった。うう、とうめきつつ腹を押さえている。

これでよし。この二人は当分動けまい。

修馬は左端の二人の用心棒に向かおうとしたが、元造一家の子分たちに囲まれて、苦戦している。六尺棒の攻撃を、刀を振るってなんとかしのいでいた。草で足を引っかけて転んだ者をさんざんに叩きのめしたことで、子分たちには用心棒に立ち向かえる力が出たようだ。他の者たちも、五郎助一家の子分たちは、緒戦で大勢の者が倒されたことで腰が引け、数をたのんでいた五郎助一家の子分たちは、逆に敵に向かって猛然と突進し、六尺棒を正確に踏み込めない。元造の子分たちは、逆に敵に向かって猛然と突進し、六尺棒を正確に振り下ろしてゆく。元造の子分たちのたくましさに修馬は驚き、感動した。

これなら勝てるぞ。

修馬は美濃部と豊田の戦いぶりが気になった。

二人の敵と刀を交えていた。戦っている四人とも死ぬ気はなく、なんとか相手に傷を負わせようとする戦い方で、およそ真剣を振るっている迫力は感じられないが、あれでよい、と修馬は満足だった。あれなら敵の用心棒がこちらに来るようなことはない。美濃部と豊田は責任を果たしている。

修馬は正面を見据えた。五郎助の姿が視野に入る。子分たちが苦戦しているのに、いらいらしている様子だ。前に出て、子分たちを叱咤《しった》したいのを、まわりの者に止められているように見える。

よし、あの男を叩きのめすか。今なら一気に突っ込めば、やれるのではないか。一人残っている用心棒もさほどの腕ではない。

修馬はうしろを振り返った。元造のそばには三人の腕利きがいて、親分を守っている。五郎助一家の子分たちにも、元造を狙おうとしている者はいない。

修馬は五郎助をめがけて走り出そうとした。だが、修馬の意図を覚ったのか、一人の大柄なやくざ者が立ちはだかった。長どすを手にしている。

うるさいぞ。修馬はかまわず刀を振り下ろしていった。だが、そのときいきなり目が見えなくなった。鉢巻がずり落ち、視野をふさいだのである。

うわっ。修馬は心で悲鳴を上げた。すぐさま風を切る音がした。やくざ者が長どすを振り下ろしてきたのだ。修馬はうしろに飛びすさった。右手で刀を振り回しながら、左手で鉢巻を取ろうとするが、狼狽が先に立ち、うまく指が動いてくれない。

まずいぞ。修馬は焦りの汗が全身からわき出してきた。横からまた風を切って長どすが迫ってきたのを感じた。修馬はとっさに左に動いたが、右腕に鋭い痛みを感じた。

ちっ。しくじった。敵に対する怒りと自分自身への腹立ちで体が震える。修馬は、右側に立っている敵の気配に向けて刀を振り下ろした。どす、と肉を打つ衝撃が伝わってきた。ぎゃあと叫び声が響き、気配が遠ざかった。

修馬は鉢巻をぐいっと引き下げた。ようやく目が見えるようになり、安堵《あんど》の思いが全身に広がった。やくざ者は肩を打たれたようで、左肩を押さえ、しゃがみこんでいる。

右腕の傷は浅手である。一寸（約三センチメートル）ほどの長さの傷で、かすられただけだ。刀にやられたときの常で、血はかなり出ているが、命に別状あるものではない。修馬は五郎助に向かって再び走り出そうとした。

おや。足を止めた。草原が切れ、何本かの杉の木が立っているところに、大勢の人影が立ったのが見えたのだ。まさか五郎助一家の新手があらわれたのか、と修馬は思った。

人数は三十人はおり、馬上の者も一人いた。騎馬まで繰り出すとは。修馬は信じられない思いだ。馬上の者が采配を振った。三十人の男たちがこちらに向かって駆けはじめた。

「山内の旦那」

後ろから元造の声がした。修馬は振り返った。元造が手招きしている。

「早く逃げやしょう」

「なんだと」

「あれは番所の捕り手ですぜ」

「なんだと」

修馬は、再び男たちに目をやった。確かにそうだ。刺又《さすまた》、突棒《つくぼう》、袖搦《そでがらみ》を手にした小者や中間《ちゅうげん》が一目散に突っ込んでくる。同心らしい者も何人かいる。五郎助たちも泡を食って逃げはじめている。御用、御用という声が聞こえてきた。

「番所の連中が来たぞ」

「ずらかれ」

「早くしろ」

「捕まるぞ」

多勢のやくざ者が右往左往し、もはや出入りどころではなくなった。逃げ出そうとして味方同士ぶつかり合い、もつれるようにして倒れてゆく。後ろからぶつかられ地面にばったり倒れる者、立ち上がろうとして顎を蹴られてまたもうずくまる者もいる。あわてて行きかう男たちをすり抜けて、修馬も逃げはじめた。くそっ、と毒づいた。せっかく形勢有利だったのに。いつまでもぐずぐずしてはじめぬからこんなことになるのだ。

捕り手たちがやくざ者の群れについに突っ込んできた。修馬はひたすら駆けた。今は無宿人も同然なのだ。親に勘当され、浪人という身の上である。捕まったら、どうなることか。下手すれば、石川島の人足寄場行きになるかもしれない。

待てっ。背後から声がかかった。聞き覚えがあり、修馬は振り返った。

あっ。我知らず声が出ていた。ほんの五間（約九メートル）ばかり後ろに、懇意にしている稲葉七十郎がいたのだ。中間の清吉《せいきち》も一緒である。

七十郎と清吉も修馬を認め、あっ、と声を出しかけたが、こらえたようだ。

つと七十郎が足をゆるめ、左側に走っていった。その後ろに心得顔の清吉が続く。

二人は修馬を見逃し、別のやくざ者を捕らえに動いたのである。

それで捕まるかもしれないやくざ者には申し訳ないが、修馬は、七十郎にかたじけないと心で感謝の意を述べ、ひたすら足を動かし続けた。

二

出入りから、ほぼ半日たった。

予期した通り、七十郎と清吉は、修馬を捕らえに来なかった。徒目付《かちめつけ》をくびになり、屋敷を出された修馬がどこに住んでいるか、七十郎はおそらく知っているはずだ。赤坂は七十郎の縄張である。どんな些細なことも、町々の自身番を経由して、町方同心の耳に入る仕組みができている。

どうやら見逃してもらえたようだな。

はなから案じてはいなかったが、やはりほっとした感は否めない。五郎助を叩きのめせしかし、昨日は惜しかった。町奉行所の邪魔が入らなければ、五郎助を叩きのめせていたはずだ。惜しい機会を逸したものである。また五郎助一家との出入りがあるだろうか。まだ決着がついていない。必ずあるのではなかろうか。

修馬はいま荷車を引いて、二十両の両替に精を出している。路兵衛という男に頼まれた分である。

切賃の二両を除いた十八両をすべて一文銭に両替するというのは、なかなか苦労をともなう仕事だ。これだけおびただしい一文銭は、なかなかいっぺんには集まらないのだ。

しかも、偽金造りのことがどうしても引っかかる。犯罪の片棒を担いでいるかもしれぬのがわかって、なおこんなことをしているのは、良心の呵責《かしやく》に耐えない。

それでも、大名家が苦しい台所を救うためにやっているのかもしれぬと思えば、萎《な》えそうになる気持ちになんとか力がこもった。

半日かけて、ようやく十八両分の一文銭がそろった。修馬はすっかり重くなった荷車を引いて、路兵衛の元に向かった。

今日は雲があってやや涼しいとはいえ、十八両分もの一文銭は五十貫（約一八八キログラム）をはるかに超える重みがある。大人三人分以上の重さである。

途中、美奈に会えるのではないかと期待があり、少し遠回りして赤坂新町二丁目の本問屋の前に行った。

荷車を止め、中をのぞき込んだが、美奈の姿はなかった。店主らしい男がぱたぱたと音をさせてはたきをかけているのが、見えるだけだ。

――おらぬか、残念だな。

修馬は落胆を隠せない。顔を上げ、本問屋の名を確かめる。筒井屋《つついや》と古ぼけた建物の横に看板が張り出している。

美奈どのはここで買物をしていたのかもしれぬよな。このあたりに住んでいるのではないか。雪江どのも美奈どののことを知っているくらいだからな。

「あるじどの」

修馬は店主を呼んだ。店に入っていきたいが、路上に荷車を置きっぱなしにするわけにはいかない。

「はい、はい。お呼びですかな」

瘦身で目がぎょろりとした男が出てきた。歳《とし》は六十をいくつか過ぎているだろうか。

古希にはまだ間がありそうだ。

「それがしは山内修馬という浪人者にござる」

「はい、初めまして。手前は周右衛門《しゅうえもん》と申します」

「ちとうかがうが、周右衛門どのは美奈どのという美人をご存じだな」

「はい、存じております」

周右衛門が顔をほころばせる。

「とにかく書物がお好きなお嬢さんですね」

「どんな書物が好きなのかな」

周右衛門が首をひねる。

「さて、手前は覚えておりませんな」

明らかにとぼけた。いくら名乗ったからといっても、見も知らぬ浪人にいろいろとしゃべるのは、はばかりがあるのだろう。

仕方あるまい、と修馬は思った。美奈のことを教えてもらうのには、もっと親しくならなければ駄目ということなのだ。

「こちらは、いろいろな書物を扱っているようだな。今度、邪魔させてもらおう」

周右衛門がにこりとする。

「はい、是非ともお越しください」

再び梶棒を握り、修馬は荷車を引きはじめた。路兵衛の家の前にやってきた。

「ふう、暑い」

修馬は懐から手ぬぐいを取り出し、顔や首筋の汗をふいた。ふいてもふいても、汗は次から次に噴き出してくる。切りがなく、修馬は湿った手ぬぐいを袂《たもと》に落とし込んだ。

それから家に訪《おとな》いを入れた。だが、応《いら》えはない。

おかしいな。おらぬのか。

「路兵衛どの」

修馬は大声で呼ばわった。

声は沈黙の壁に吸い込まれた。

「入るぞ」

修馬は声をかけておいてから、戸の引き手に手を当てた。力を込めると、あっけなく横に滑った。心張り棒は嚙まされていない。

戸口を入ると、四畳半ほどの土間になっている。戸口は荷車がぎりぎり入るだけの幅があり、この前、九両分の一文銭を持ってきたときも、土間に荷車を入れさせてもらった。

荷車を土間に入れ、梶棒から手を放した修馬は戸を閉めた。そうしておいてから、家の奥に向かった。

「路兵衛どの」

また声をかけたが、返事はない。

「おらぬのか」

まさか偽金造りがばれ、ずらかったのではあるまいな。冗談ではないぞ。これを集めるのにどれだけ苦労したことか。

修馬は沓脱石《くつぬぎいし》で草履を脱ぎ、廊下に上がった。失礼するぞ、といって足を進めた。

最初の部屋である八畳間には、誰もいなかった。ここは客間として使われているようで、家財道具はなに一つとして置かれておらず、がらんとしていた。

おや。修馬は首をひねった。いま奥のほうに、なんとなく人の気配を感じた。なにかか弱い感じの気配である。

「誰かいるのか」

修馬は声を放った。腰の刀に手を置きつつ、修馬は狭い廊下をそろりそろりと歩いた。胸がどきどきする。この先で、なにか悪いものが待っているような気がしてならない。

　次の間の腰高障子があいていた。

「失礼する」

　修馬は部屋の前に立ち、中をのぞき込んだ。

「あっ」

　男が部屋の真ん中にうつぶせに倒れていた。どろりとした血が畳に流れ出ている。

多分、胸を刃物で刺されている。

「路兵衛どの」

　呼びかけたが、声は返ってこない。顔や手が動くこともない。

　——死んでいるのか。

　修馬は目をみはった。いや、ちがう。口がかすかにわなないているではないか。まだ息があるのだ。だからこそ、先ほど気配を感じ取れたのだろう。

「路兵衛どの」

　修馬は流れ出た血を避《さ》けて回り込み、路兵衛の体の間際にしゃがみ込んだ。

　路兵衛がなにかいっている。

「なんだ、なにをいいたい」

修馬は路兵衛の口に顔を近づけた。血のにおいが濃くなり、むせ返りそうになった。

「は、はんにゃ」

路兵衛は確かにそういった。修馬は顔を離し、路兵衛を見つめた。瞳《ひとみ》には、もうかすかな光さえ宿っていない。

「般若《はんにゃ》にやられたのか」

修馬は確かめた。だが路兵衛はもうなにもいわなかった。首がわずかに動いて落ち、瞳が急にうつろになった。

——事切れたか。

修馬は呆然《ぼうぜん》とした。どうしてこんなことに。

「路兵衛さん」

外から声が聞こえた。修馬は我に返った。

「路兵衛さん、いるかい」

どうするか、と修馬は考えた。いや、ためらったり、ぐずぐずしたりしている暇はない。急ぎ足で廊下を行き、戸口に戻った。

土間に立っているのは若い町人である。風呂敷《ふろしき》包みを重そうに抱えていた。

「あっ、路兵衛さん」

外から入ってきて、中は暗く、よく見えなかったようだ。

「残念ながら俺は路兵衛どのではない」

「えっ、本当だ」

遊び人のように崩れた風体と、女のように甘ったるい顔をしている男だ。こんなふにゃふにゃしているような男でも、女にもてたりするから、世の中というのはわからないものだ。

修馬は男の前に立った。

「あの、路兵衛さんはいますかい」

「いるといえばいる」

「会わせていただけますかい」

「その前におぬしは誰だ」

「あっしは助次郎《すけじろう》といいます。あの、お侍は」

「俺は山内修馬だ」

修馬は胸を張って答えた。

「おぬし、なにしに来た」

「ちょっと用があって」

「俺も用事があった。俺は、路兵衛どのにそこの銭を持ってきた」

修馬は土間の荷車に向かって顎をしゃくった。大事な荷物には筵《むしろ》がかけられ、綱でがっちりと縛ってある。

「えっ、こんなにたくさんですか」

助次郎が目をみはる。

「いったいどれだけあるんですかい。実はあっしも路兵衛さんに頼まれて、一文銭を持ってきたんですよ。これだけですけど」

助次郎が風呂敷包みを持ち上げる。

「あっしは町人なんで、なかなか銭屋では両替できないから、ほんのちょっとだけですよ。知り合いからかき集めてくるんです。きょうはやっとこれだけ集まりました。二千文近くありますよ」

「がんばったな」

「そりゃもう」

助次郎が真剣な顔になる。そうすると、意外にしゃきっとした表情になったりするから、人というのはおかしなものだ。だが、今はそんなことを考えている場合ではない。

「あの、路兵衛さんに会わせていただけますかい」

「ああ、いいぞ。だが助次郎、路兵衛に会っても驚くんじゃないぞ。よいな」

「はあ」

助次郎は、いったいこのお侍はなにをいっているんだろうという顔をしている。

「まあよい。ついてこい」

修馬は体を返し、廊下を進んだ。助次郎があわてて上がり、うしろについた。

「ここだ」

修馬は奥の部屋の前で足を止め、助次郎に見るようにいった。

路兵衛さん、と声をかけて助次郎が部屋をのぞいたが、すぐに、ああ、とのけぞった。

悲鳴を発した助次郎が腰を抜かしてへたり込み、修馬をこわごわと見た。

「ひ、人殺しっ」

叫んで、助次郎がじりじりと後ろに下がる。修馬に向かって両手を合わせた。

「ご、後生ですから、あっしは殺さないでください。ここで見たことは、誰にも話しませんから。はい、本当です。あっしは嘘《うそ》をいいません」

「馬鹿、俺が路兵衛を殺《や》ったのではない」

助次郎は信じたという顔ではない。隙《すき》あらば、今にも外に飛び出す気でいる。

「助次郎、よいか。とっとと番所の者を呼んでくるのだ」

修馬は冷静な声で命じた。

「えっ、番所というと」

わけがわからないという顔で助次郎がきき返す。

「おまえ、江戸っ子だろう。番所といえば、町奉行所のことだろうが」

「ああ、御番所のことですね」

「そうだ、とっとと行ってこい」

「あの、あっしが御番所に行くんですかい」

「自身番に知らせればよかろう。そうすれば、番所の者を呼んでくれるはずだ」

「わ、わかりやした」

廊下を駆け出し、助次郎が外に飛び出してゆく。

それを見送って、修馬は路兵衛が倒れている部屋を見回した。ここが六畳間であるのに初めて気づいた。

文机《ふづくえ》が端に置かれ、奥の壁際に箪笥《たんす》が鎮座している。行灯《あんどん》が隅に寄せてあり、布団は畳まれて箪笥の横に積まれていた。

ここが居間だろう。路兵衛という男は一人暮らしだったようだ。男臭く、女っ気はまったく感じられない。

修馬はふと、路兵衛が集めたはずの一文銭はどこにあるのか、気になった。どこかにしまわれているはずだ。

家のなかをくまなく調べてみた。あとは二つの四畳半の部屋と狭い納戸があったが、どこにもなかった。

殺した者が奪ったのか。

修馬は死骸《しがい》に向かっていねいに一礼してから、路兵衛の懐を探ってみた。巾着も財布もなかった。俺が受け取った二十両は、と思った。路兵衛が巾着から出したものだ。それもないというのは、やはり賊に奪われたと考えるのが妥当だろうか。路兵衛は金目当ての者に殺されたのか。

ふと、修馬は荷車に積んである大量の一文銭のことが気になってきた。町奉行所の者が来れば、押収されることになるだろう。どうして一文銭を集めたか、まちがいなく聞かれるだろう。

相手は稲葉七十郎で紛れもない。

なんと答えようか。修馬は頭をめぐらせた。偽金造りのことを突っ込まれるのはいやだ。

ならば、嘘で固めるか。いや、嘘は苦手だ。それに七十郎は若い割に腕利きである。嘘は見抜かれ、きっと暴かれよう。

それに、考えてみれば別に犯罪を行ったわけではない。路兵衛に小判の両替を頼まれたに過ぎない。

よし、と修馬は決意した。すべて正直に告げることにしよう。

三

知らせを受けて稲葉七十郎が元赤坂町の自身番に赴くと、遊び人のような若い男が土間の長床几《ながしょうぎ》に腰を下ろして待っていた。男は助次郎と名乗った。

自身番に入った七十郎は、一つ息を入れた。見廻《みまわ》りの最中、ここの自身番からの使いがやってきて殺しが起きた旨を伝えてきた。それで、あわてて駆けつけたのである。

今日は幾分涼しいとはいえ、やはり長いあいだ駆けるのはきつく、汗びっしょりになっている。暑いときに走るのは、疲れを倍にする。清吉も呼吸をととのえている。

「おぬしだな、殺しがあったことを知らせてきたのは」

七十郎は助次郎に確かめた。

「ええ、さいです。お役人、もう大丈夫ですかい。すぐに殺しが行われた家に案内いたしますよ」

助次郎は張りきっている。七十郎は清吉を見た。清吉は七十郎より若い。それだけ回復も早いようで、すでに息はもとに戻っている。

「頼む」

「へい、お任せください」

七十郎と清吉は自身番を出た。助次郎の背中を追って道を駆ける。

「殺されたのは誰だ」

七十郎は助次郎にきいた。

「路兵衛さんという人です」

前を向いたまま助次郎が答える。

「何者だ」

「さあ、あっしはよくは知りません」

歯切れの悪い答え方をした。

「おぬしは、路兵衛の家で死骸を見つけたのだな」

「いえ、見つけたのは別の人ですよ」

「その者はどうしている」

「路兵衛さんの家で、お役人の到着を待っていると思うんですけど」

「死骸を見つけたのはなんという者だ」

「山内修馬さまと名乗りましたけど」

「なんだと」

七十郎は驚いて声を上げた。清吉もうしろでびっくりしている様子だ。

「まちがいないか」

「ええ、まちがいありませんよ。そう名乗ったのを、あっしはしっかり聞きやしたから。山内さまのことをご存じなんですかい」

「まあ、そうだ。おぬし、路兵衛の家にはなにか用事があったのか」

「ええ、まあ、ありましたね」

「どんな用事だ」

助次郎がいい渋る。

「どうした」

せかすと、小さな声でいった。

「両替ですよ」

七十郎は耳がいい。十分だった。

「両替というと」

「文字通りですよ。一文銭をたくさん持ってゆくと、口銭にかなり上乗せして、報酬をくれるんですよ。一分《いちぶ》分の一文銭を持ってゆくと、一朱くれるんですから、たまりませんよ」

「大盤振る舞いだな。ただ一文銭を持っていくだけで、そんなにくれるのか」

「ええ、さいですよ」

うれしそうにいったものの、助次郎が残念そうにうなだれる。

「でも、路兵衛さん、もう死んじまったんですよねえ。あんなにたやすく稼げる仕事なんか、なかなかないのに。八丁堀の旦那、必ず下手人を捕まえてくださいね」

「わかっている」

一文銭の両替で気前よく報酬を弾んだ男か、と七十郎は思った。そのあたりに殺された理由があるのだろう。それにしても、どうして山内修馬がここに出てくるのか。

「こちらですよ」

助次郎が足を止め、指さしたのは、建ってまだ間もなさそうな一軒家である。

「どうぞ」

助次郎が自分の家のように戸をあけた。

　七十郎と清吉は足を踏み入れた。入ってすぐは土間で、一台の荷車が置いてあった。筵がかけられ、縄でがっちりと結ばれている。

「この荷車は、山内修馬さまのものですよ」

「荷物は」

「一文銭ですよ」

「えっ、こんなに持ってきたのか」

すごいなあ、と七十郎は感嘆した。いったいどれだけの一文銭なのだろう。

「七十郎、来たか」

奥から廊下を歩いて姿をあらわしたのは、紛れもなく山内修馬その人だった。

「ああ、やっぱりこちらのお役人とお知り合いだったんですね」

助次郎が修馬を見つめる。

「浪人のような格好をしているけど、実はご公儀のお仕事をしているんですね。もしや隠密ですかい」

「馬鹿、そんなのではないわ。俺はただの浪人よ」

だが、助次郎は信じた顔ではない。

「七十郎、清吉、来てくれ」

修馬にいわれ、七十郎は清吉とともに廊下に上がろうとした。立ち止まり、顔を助次郎に向ける。

「おぬしはもう帰ってよいぞ」

助次郎は意外な言葉を聞いたという顔だ。

「えっ、まだお付き合いしてもよろしいですよ。どうせ暇ですから」

「だいたいの事情は聞いたゆえ、もう引き取ってもらってかまわぬ。最後に聞かせてもらおう。おぬし、どこに住んでいる」

「この近所ですよ」

高左衛門店《こうざえもんだな》という裏店で暮らしているとのことだ。

「家人は」

「いえ、あっしはみなしごですから。一人でやす」

清吉がこのやりとりを、まじめな顔つきで帳面に書き取っている。

「よし、助次郎、かたじけなかった。引き取ってくれ」

「はあ、やっぱり帰らなくちゃ駄目なんですね。はい、わかりました」

どこかしょんぼりしている。もっと力になりたかったのか。それとも、たんに暇つぶしの種がなくなったに過ぎないのか。

とにかく助次郎が出てゆき、七十郎は修馬に向き直った。

「ところで、お怪我《けが》はありませぬか。これは昨日のことをたずねているのですが」

修馬がにこりと笑ってみせる。

「おかげさまでな、どこにもない。といいたいところだが、実はここをやられた」

修馬が袖《そで》をまくり、右腕を見せた。晒《さら》しが巻かれている。

七十郎は軽くうなずいた。

「深手ではないようですね」

「昨日、医者に行っていちおう手当してもらったが、たいしたことはない。かすられただけだ」

「山内さんともあろう人が油断でしたね」

「いきなり鉢巻がずり落ちてきてな」

修馬が苦い顔をする。七十郎はそのさまを想像した。

「目が見えなくなったのですね。とにかく、たいした怪我でなくてよかったですよ」

「まったくだ」

「山内さん、また次があるのですか」

「きっとあるだろう」

「また出られるつもりですか」

「頼まれたら断れぬ。おぬしら、昨日、何人か捕らえたそうだな。だが、幸いなことに俺が加勢していた一家の子分は、誰もつかまっておらぬ」

　七十郎は苦笑した。

「五郎助一家の者はおろおろするだけでしたけど、元造一家の者はよくまとまっていて、逃げ足が速かったですからね」

「捕まった者はどうなる」

「お叱《しか》りの上、放免ということになりましょう。死者も出ていませんしね。出入りで死人が出ると、我らに目をつけられますから、たいていの場合、手加減しての戦いになって、死者など滅多に出ませんけど、ときおり打ちどころが悪くて、死ぬことがあります。山内さんも用心してくださいね」

「それは、殺されるほうで注意しているのか、それとも、不注意で殺さぬようにいい含めているのか」

「両方ですよ」

「そうか。うむ、わかった」

修馬の案内で七十郎は奥の部屋に入り、路兵衛という男の死骸を見た。背後に立つ清吉も真剣な目を当てている。

「胸を刺されているのですね」

七十郎はむくろをじっと見ていった。

「うむ、そのようだ」

「凶器は」

「どこにもない。少なくとも俺は見ておらぬ」

「犯人が持ち去ったのですかね」

「それが最も考えやすいな」

七十郎は目を上げた。

「山内さんは、ここにあの荷車の一文銭を持ち込んだのですね。路兵衛とはどういう知り合いですか」

修馬が困ったような顔をしている。

「相手が七十郎ではしようがないな。実はな、俺は闇《やみ》の両替商というべき商売をはじめたのだ。町人が銭屋《ぜにや》で両替できない金を、切賃をもらって両替する仕事だ。それで俺の評判を聞き、この路兵衛という男が十両を一文銭にしてほしいという依頼をしてきたのだ。俺はすぐさま銭屋で両替し、ここまで持ってきた。切賃は一割だ。正直おいしかった。うまい商売が見つかったものだ、と思った。なにしろ俺は徒目付をくびになった男ゆえ」

修馬に自嘲《じちょう》気味にいわれて、今度は七十郎のほうが困った。どういう事情で修馬が徒目付をやめさせられたか、事情は詳しくは知らない。どうも大事な捕物に来なかったということらしいが、機密を扱う徒目付のことだけに詳細はほとんど入ってこない。

修馬が咳払《せきばら》いして言葉を続ける。

「そうしたら、今度はさらに二十両の両替を頼まれた。俺は切賃を抜いた十八両分の一文銭を今日、持ってきたんだ。そうしたら、ここに死骸があった。いや、そうではないな。血を流して路兵衛が倒れていたんだ。そのときはまだ生きていた。口を動かしていたから、俺は顔を寄せて、なにをいっているのか聞いた。路兵衛は、般若、といって息絶えた」

「般若ですか」

「うむ、そうだ」

「般若に殺られたということでしょうか」

「かもしれぬ」

般若面をつけた者ということか。

「山内さんがいらしたときはまだ息があったということですが、この流れ出た血はかたまっていましたか」

「いや、そうでもなかった」

今はもうほとんどかたまっている。

「俺が来たのは、路兵衛が刺されて、さしてときがたっていなかった頃であろうな。せいぜい四半刻くらいではないか」

「怪しい人影を見てはいませんか」

修馬が唇をきゅっと引き結んだ。

「見ておらぬ」

七十郎は唇を舌で湿した。ずっと駆けてきて喉《のど》が渇いている。水が飲みたかったが、今は我慢するしかない。

「路兵衛ですが、どうして一文銭を集めていたのですか。先ほどの助次郎にも一分分の一文銭に対し、一朱の報酬が入ったようですよ」

「そいつはすごいな」

「すごいと思います」

修馬が七十郎を見つめてきた。

「七十郎は、偽金造りのことを聞いておらぬか。天保通宝のことだ」

ああ、それか。記憶の糸を引っぱって、七十郎はうなずいた。

「聞いてはいます。では、路兵衛という男は偽金造りに関わっており、それで殺されたということですか」

「今のところ、そうとしか思えぬ」

「偽金造りか」

七十郎はつぶやいた。

「前に上の者に聞きました。なんでも、各地の大名までが精を出しているのではないかとのことでした」

「うむ、俺もそう聞いている」

七十郎は路兵衛の死骸に目を当てた。

「この男は、実はどこかの大名の家臣でしょうか。身なりは町人ですが」

「さて、どうだろうかな」

修馬が首を横に振る。

「先走りはしないほうがいいですね」

「とにかく、探索はおぬしにまかせる。俺はなにもできぬ身ゆえ」

修馬の眉《まゆ》が三角になり、とても悲しそうに見える。

「山内さん、飲みに行きませぬか」

修馬が目を上げた。

「今夜か」

「いえ、殺しが起きてしまっては、今夜は無理です。近いうちということですね」

修馬がうれしそうな顔になった。

「ああ、飲むのはいいな。七十郎がおごってくれるのか」

「もちろんですよ」

「ならば、いつでも誘ってくれ」

「承知しました。ときに山内さん」

「なにかな」

修馬が顔を向けてきた。

「路兵衛は、山内さんが闇の両替商をはじめたことを誰に聞いたのでしょう」

修馬が考え込む。

「さっきもいったが、誰かに聞いたのはまちがいないだろう。太兵衛という小料理屋の常連から聞いたとしかいわなかった。俺は女将《おかみ》に宣伝してくれるように頼んでいた。太兵衛のことは知っているか」

「知っています。女将の雪江どのがとても美人ですね」

ふっ、と修馬が笑う。

「おぬしの内儀のほうがきれいさ」

七十郎の妻は早苗《さなえ》といい、以前、修馬はずっと惚《ほ》れていた。早苗は七十郎と一緒になって幸せに暮らしており、修馬も今はなんのこだわりもないはずだ。

「わかりました。それがしから雪江どのに当たってみましょう」

七十郎は修馬にいった。

「すまぬな、よろしく頼む」

修馬が感謝の意をあらわす。

「ところで七十郎、土間の金だが、あれはどうなる。いや、別に惜しがっているわけではない。興味から知りたいだけだ。なにしろ苦労して集めた一文銭ゆえな」

「山内さんからいきさつをうかがったところでは、あの一文銭は仏の持ち物ですから、もし縁者が見つかれば、そちらに戻すことになりましょう」

「縁者が見つからなかった場合は」

「公儀のものになります」

「つまり押収ということか」

「そういうことですね」

「俺が切賃としてもらった二両はどうだ。返さねばならぬか」

「返す必要はないのではないでしょうか。山内さんは、路兵衛という男との約束を守って、死に際に立ち会ったわけです。もらっておいて、なにも問題はないと思いますよ」

「ありがたい」

修馬が吐息を漏らした。

「七十郎、俺は失礼させてもらってよいか」

「はい、かまいません」

「ところで、俺の住みかを知っているか」

七十郎は首を縦に動かした。

「存じています」

「やはりそうか……。いつ知った」

「つい最近です」

修馬が徒目付をくびになり、家も勘当されたと聞いて気にしていたところ、太兵衛の物置にそれらしい男が住みはじめたという話が自身番から上がってきたのだ。清吉をやって調べたところ、まちがいなく山内修馬だということになり、取りあえず住みかが判明して七十郎はほっと胸をなで下ろしたものだ。

修馬が帰ったその直後、検死医師の紹徳《しょうとく》が来て、路兵衛の検死を行った。

「胸を一突きにされ、それが心の臓にまで達しています。その手並みは凄腕《すごうで》としかいいようがありませんよ。仏はほとんど痛みを感じなかったのではないでしょうか」

路兵衛という者が何者なのか、七十郎は背後を調べる必要があると感じている。

路兵衛という一風変わった名も、果たして本名なのかどうか。

路兵衛という男の身元を、まずははっきりさせなければならない。

七十郎は清吉から紙と矢立を借り、路兵衛の人相書を描いた。

検死医師の紹徳が仰向けにしてあったから、顔は描きやすかった。ただ、うつろな目が無念そうで哀れだった。

必ず犯人を捕らえるゆえ、成仏してくれ。そう念じて、七十郎は矢立を清吉に返した。

体を揺すぶられている。

唐突にそのことに気づき、七十郎ははっと目を覚ました。

目の前に妻の早苗の顔がある。まだ部屋は薄暗い。

「どうした」

七十郎は寝床から上体を起こした。

「清吉さんが見えました」

七十郎は部屋を見回した。刻限は、まだ六つ（六時）になっていないのではあるまいか。

わかった、といって七十郎は手早く着替え、玄関に出た。

「どうした、清吉」

清吉の顔が少しこわばっている。

「旦那、また殺しです」

七十郎は一瞬かたまった。昨日に引き続いてまたもとは、容易に信じられない。

「どこだ」

「赤坂です」

「わかった。行こう」

妻の見送りを受けて、七十郎は中間の清吉とともに八丁堀の屋敷をあとにした。


死骸は三十半ばと思える男だ。

七十郎は眉をひそめた。何者とも知れぬ男は滅多刺しにされて死んでいた。

昨日の路兵衛も哀れな死に方だったが、こちらのほうはさらにひどい。血だらけで、ぼろ雑巾《ぞうきん》のように路上に打ち捨てられている。

目の前が小さな神社だから、もし境内に逃げ込んで息絶えていたら、寺社奉行所の管轄ということになった。寺社奉行所には探索の力がほとんどないから、この男が誰にこんな目に遭わされたかなど、永久に知れることはないのではないか。

この俺がおまえさんの無念を晴らそう。成仏してくれ。

路兵衛に告げたのと同じようなことを、新たな死者に向かって七十郎は心中でつぶやいた。

それにしても、と思う。縄張内で悲惨な殺しが二件も続くなど、江戸の町がおかしくなっているとしか思えない。人が変わってきたのか、それとも時代とともに町自体が変じてきているのか。

死者の得物は脇差だけだ。抜いてはいるものの、刀身に血糊《ちのり》はついていない。ほとんどあらがえぬままに殺されたのではないか。この男を殺したのは、一人ではないかもしれぬ、と七十郎は思った。

「旦那、これを見てください」

岡っ引の伊治次《いちじ》が指をさした。

わざわざいわれずとも、すでに七十郎は気づいていた。

「こんなになっても、この男はしばらく生きていたんですねえ」

伊治次が驚いている。

「そういうことになるだろうな」

男はうつぶせに倒れているが、右手の伸びた先の石に『てんじ』と血で書いてあるのだ。

「これは人の名なのですかね」

伊治次が、額に深い横じわが一本入った顔に、さらにしわを寄せる。

「典次、典二、天次、とかですかねえ」

「まだあとに続くのかもしれぬ。天神とか天竺《てんじく》とか」

「ああ、なるほど」

「それにしても、滅多刺しにされたというのに、血文字を書き残せるとは、強靱《きょうじん》な精神力といってよいな。体も相当鍛えてあるようだ」

死者の筋肉は隆々としてはいないが、いかにもしなやかそうで、敏捷《びんしょう》さを秘めていたのではないかと思わせる。

「おや」

「どうかしましたかい、稲葉の旦那」

「ここが破れている」

七十郎は、死骸の襟元が破れていることに気づいた。

「破れてはいますけど、これも刃物にやられたんじゃないですかい」

「そうかもしれぬ」

七十郎は逆らわなかった。

「だが、気になる」

七十郎は襟元に触れてみた。検死が終わる前に死骸に触れてはならないが、襟元くらいなら別に問題はなかろう。

「清吉。おまえ、軍記物が好きだな」

「はい、大好きです」

「前におまえがいっていたな。ここは、忍びなどがよく手紙などを入れておくところではないか」

「はい、あっしは旦那にいおうと思っていました」

「そうすると、なんですかい」

伊治次が口を挟んできた。

「ここに手紙を入れてあり、この仏はそれを奪われたということになるんですかね」

「十分に考えられる」

七十郎は深くうなずいた。

「この男が殺されたのは、手紙が目的だったのかもしれぬ。金目の物はどうやら持っておらぬようだ。手紙と一緒に奪われたのかもしれぬが」

検死医師の紹徳がやってきた。

昨日に続いて惨殺された死骸をみることに、紹徳は衝撃を受けた様子だった。それでもいつものように手際よく検死を行った。

「殺されたのは昨日の夜から明け方にかけてではないでしょうか。夜の九つ（零時）から七つ（四時）くらいのあいだだと思います」

となると、と七十郎は思った。この血文字を書いたときはまだ真っ暗だったはずだ。

明け六つは、空が白みはじめた頃のことをいうのだから。

つまり、この男は夜目が利くということになる。何者なのだろう。見た目は町人なのだが、おそらくそうではあるまい。

昨日の死者の路兵衛と感じがよく似ている。

路兵衛は、偽金造りに関係している男かもしれない。目の前の死者も、もしやそうなのではないだろうか。

路兵衛のことをどこかの大名の家臣ではないか、と昨日、七十郎は口に出したが、この男もそうかもしれない。

もちろん先走ることはしないほうがよい。だが、ある程度、推測を働かせながらでないと、探索は進まない。

路兵衛と目の前の死者が、仲間ということは考えられるのか。もちろん考えられないことはない。だが、今はその程度である。これからの探索で明らかにしていかなければならない。ただし、大名が絡んでくると厄介だ。こちらの手が及ばないことも多くなってくる。

この町の者に死者のことをきいてみたが、知る者は一人もいなかった。

死者を見つけたのは、塩売りの行商人である。だが、この男も朝の七つ半（五時）

過ぎに死者を見つけただけで、ほかにはなにも見ていなかった。

七十郎は死者のかたわらにひざまずき、人相書を描《か》いた。

「どうかな」

七十郎は清吉に見せた。

「どれどれ」

のぞき込んだのは、伊治次である。清吉が迷惑顔をしているが、意に介さない。

「ほう、よく描けてますね。稲葉の旦那、上手じゃないですか」

「そうかな」

伊治次が七十郎をじろじろ見る。

「前は、むしろ絵は不得手だったんじゃありませんでしたかい」

「うむ、確かにそうだった。だが、絵の師匠について習ったのだ。人相書を描かなければならぬとき、わざわざ人相書の達者を待っているのは、ときを無駄にしているようでな。別に絵を描かずとも文字だけの人相書でもよいのだが、やはりこうして描いたほうが人の顔というのはよくわかる」

「それはそうですね」

伊治次が同意を示す。

「この人相書はたくさん刷るんですね」

「うむ、そうしてもらうつもりだ」

町々の自身番にもれなく回し、死者の身元を明らかにするために一役買ってもらうことになる。

四

路兵衛は無念そうだった。

その無念を俺が晴らさなくてよいのか。

修馬は天井を見つめた。

俺が徒目付ならば、昨日の事件のことは必ず調べる。だが、もうその役目ではない。誰かから、金を払うので調べるようにとの依頼があれば、路兵衛のことは探索してもよい。いや、必ずすべてを解き明かしてみせよう。だが、そんな依頼がくることはあり得ぬだろう。

冷たいようだが、あれは七十郎と清吉に任せておけばよい。七十郎は有能の士である。きっと犯人を捕らえ、ものの見事に事件を解決してみせてくれるだろう。

それよりもだ、と修馬は思った。闇の両替商の件である。これからも続けられるのか。

修馬は考え込んだ。どうなのだろう。

そのとき、ふとうなり声を聞いた。なんだ、今のは。

修馬は、はっとした。もしや今のは自分の口から漏れた声か。

修馬は畳から起き上がって腕組みをし、うーむ、と顔をしかめた。

七十郎に白状してしまった以上、やはり闇の両替商はもう続けられぬのだろうか。

やれるものならやりたい。

七十郎は、駄目とはいわなかった。あれは、続けてよいという暗示ではないか。都合よく考えすぎだろうか。

なにしろ儲《もう》かるものなあ。それに、人助けにもなっている。誰も困る者がいないのだから、よいのではないか。考えてみれば、法度に引っかかるものではないだろう。公儀に認められた銭屋で両替し、切賃を取って客に銭を渡しているだけである。悪いことなどまったくしていない。

よし、これからもやるぞ。続けることで俺だけでなく、みんなも幸せにするのだ。

修馬は決意を固めた。

「山内さま、いらっしゃいますか」

外から女の声がかかった。

「雪江どのか」

修馬は腕組みを解き、立ち上がった。戸には心張り棒を噛《か》ましてある。やはりなにが起きるか知れたものではなく、夜寝るときは必ずするようにしている。

「どうした、こんなに早く」

まだ朝の六つ半（七時）という頃合いだろう。修馬は心張り棒を外し、戸をあけた。

「ちょっとお話があるの」

そういう雪江の後ろに一人の娘がいた。

「あっ」

修馬の口から声が出た。

「美奈どのではないか」

「山内さま、うれしそうね」

「うれしくないわけがない。また会えたらどんなによいかと思っていた」

ふふ、と雪江が笑う。

「相変わらず正直な人ですね」

「話があるとのことだが」

修馬は物置の中を気にした。汚くはしていないが、うら若い娘にふさわしい場所とも思えない。だが、こんなに早くてはほかに連れてゆくところもない。

「ここでよいかな」

「どう」

雪江が美奈にきく。

「はい、私はけっこうです」

「ならば、入ってもらうか。雪江どのも一緒に頼めるか」

雪江が顎を引く。

「そのつもりでついてきました」

「ありがたい」

修馬は、雪江と美奈を中に招き入れた。

狭い中、三人は膝をくっつけるようにして座った。美奈から発せられるのか、なんともいえない甘いにおいが鼻先を漂ってゆく。修馬は陶然としかけた。

「山内さま、どうしました」

雪江にいわれ、修馬は大きく目を見ひらいた。かぶりを振る。

「いや、なんでもない」

修馬は居住まいを正した。

「して、話とは」

雪江が切り出す。

「仕事の依頼です。でも、むずかしい事件を解決するような類《たぐい》のものではないから、美奈さんはすまながっているのだけど、山内さまなら大丈夫よって私はいっているのです」

「私も、山内さまのお人柄はわかっています。信頼できるお方だと確信しています」

一度しか会ったことのない美奈にいわれ、修馬は驚いた。

「美奈どの、まことにそう思っておられるのかな」

「はい。私がやくざ者に因縁をつけられたとき、誰もがただ見ているだけだったのに、山内さまだけが見捨てられませんでした」

美奈の目がきらきらしている。修馬はごくりと息をのんだ。

「それで美奈どの、俺にどんな仕事を依頼したいのかな」

はい、と美奈がいった。

「実は兄のことなのです」

うむ、と修馬は相槌《あいづち》を打った。

「兄は徳太郎《とくたろう》といいますが、どうもここしばらく様子がおかしいのです。なにをしているのか、是非調べていただきたいのです。私は悪いことばかり考えてしまいます。なにか悪事に手を染めているのではないかと、気が気でなりません」

「話はよくわかった」

修馬は静かにいった。

「美奈どのは自分で調べようとは」

「思いました。でも仕事があって、無理なのです。子供を放《ほう》っておくわけにはいかないものですから」

「子供というと」

「美奈さんは手習師匠をしているのですよ」

雪江が口をひらいた。

「手習子は女の子だけなの」

男の子が一人もいない女の子だけの手習所は、江戸でかなり増えていると聞く。がさつで乱暴な男の子と一緒に学問を習うのをきらう女の子が多い上に、裁縫や掃除の仕方など娘に必要なしつけをしっかりと教えてくれる手習所が、親たちに喜ばれているらしい。

「兄にも昼間は仕事があります。ですので、出かけてゆくのは夜が多いのです。一度ならず私はつけたことがあります。でも、ほんの一町も行かないうちに撒《ま》かれてしまうのです。もう私にはお手上げなのです」

確か、兄は妹思いとのことだった。住みかからあまり遠くに行かないうちに撒いてしまえば、美奈も危ない思いをせずに済むという気持ちから、そういうことをしているのではあるまいか。

「徳太郎どのの生業は」

「剣術道場の雇われ師範代をしています。道場は賀芽《がが》道場といいます」

変わった名の道場で、修馬はどんな字を当てるのかたずねた。

「なるほど、賀芽か」

修馬は大きくうなずいた。

「歳は」

「二十八です」

「ならば、俺と同じだ」

「さようでございますか」

「美奈どのはいくつかな」

「私は二十二です」

ちょうどよいではないか、と修馬は思った。六つ下など、つり合いとしては申し分ない。

「徳太郎どのは、もう道場に出かけたのか」

「朝の稽古《けいこ》がありますから」

「こんなことを聞いて失礼だが、徳太郎どのはお強いのか」

美奈が小首をかしげる。そんな仕草もかわいくてならないが、その思いを顔に出すわけにはいかず、修馬は真剣な表情を保った。

「剣術のことはよくわかりませんが、相当のものであると聞いています」

「ほう、相当のものか」

俺よりはるかに強いのだろうな、と修馬は思った。勘兵衛とやり合ったら、勝者はどちらなのだろう。実際、試合うところを見てみたいものだ。

修馬は美奈を見つめた。仕事の話をしているときは、遠慮なくじっと顔を見られるのがありがたい。

「美奈どのたちは武家のようだが、姓はなんといわれる」

「朝比奈《あさひな》と申します」

朝比奈徳太郎に美奈の兄妹か。なかなか由緒がありそうな家に感じるが、贔屓目《ひいきめ》だろうか。

「あの、それでお代なのですが」

美奈がか細い声でいった。

「どのくらいになりましょう」

美奈の着ているものは悪くない。店で反物を買ってきて、自分で仕立てているので
はあるまいか。兄が師範代で、妹が手習所を営んでいる。暮らしに汲々《きゅうきゅう》としているよ
うには見えないが、そんなに多額の金は出せないのだろう。

「そうさな、では、一朱いただこうか」

「ええっ」

美奈が腰を浮かして驚く。

「高いかな」

「いえ、自分が思っていたよりずっと安いのでびっくりしたのです」

「それならよいな」

「前金ですか」

「いや、後金でけっこう。徳太郎どのがいったいなにをしているのか、すべての調べが終わって、俺が美奈どのに告げ知らせるときにいただくことにしよう」

「承知いたしました」

美奈が深く辞儀する。白いうなじが見えて、修馬はどきどきした。そんな修馬の様子を雪江が笑みを浮かべて見ている。

雪江どのは、と修馬は思った。俺と美奈どのがうまくいけばよい、と思ってくれているのだろうか。そんなことはまったくなく、美奈どのの美しさにどぎまぎしている俺を見て楽しんでいるだけだろうか。

「山内さま」

美奈が呼びかけてきた。

「は、はい」

修馬はすぐさま答えたが、声が裏返りそうになった。

「なんでござろう」

「賀芽道場の場所はご存じではありませんね」

「ああ、そうであったな。では美奈どの、教えてくれるか」

美奈の言葉を修馬は頭に叩き込んだ。

西へ十町（約一・一キロメートル）ばかり歩いて足を止めた。

ここか。

入門を考えているのか、連子窓には町人が鈴なりになって見物している。

「どれ、俺にも見せてくれるか」

修馬は町人たちをかき分けて前に進んだ。先客たちは迷惑顔をしたが、これも仕事だと自らにいい聞かせて、連子窓に張りついた。道場内をのぞき込む。

おう、やってる、やってる。

修馬は血が沸くのを感じた。幼い頃から剣術道場の雰囲気は大好きなのだ。

門人は町人が多いようだが、身分のありそうな侍も少なくない。相当繁盛している町道場である。

どこに徳太郎がいるかは、捜さずとも一目で知れた。一人だけ気配がちがうのである。光背に包まれているかのように輝いているのだ。抜きん出た腕をしているのはまちがいない。天才の類ではないか。美奈によく似た顔つきで、役者顔といってもよい。

住みかでも道場でも、近所の女たちに騒がれているのではあるまいか。

防具を着けることなく、高弟らしい門人に稽古をつけはじめた。

うへー。修馬は心中で声を発した。徳太郎は、目をみはるしかないすごい腕である。高弟も悪くない腕をしているが、赤子を相手にしているようにしか見えない。

こんな町道場で師範代をしているなど、もったいないとしかいいようのない腕前だ。大名家の剣術指南役でも、つとまりそうである。

正直、勘兵衛より上ではないか。

江戸は広いな、と修馬はつくづく思った。これだけの男が市井の道場に埋もれるようにしているのだから。

朝の稽古は五つ半(九時)で終わり、休憩となった。これ以上やるとなると、暑さとの戦いになってくる。道場内はもうかなり暑くなっているはずで、門人たちは汗みどろである。

見物の町人にきくと、次は涼しくなる夕方の七つから稽古がはじまるとのことだ。

徳太郎は一人で奥に引き上げていった。与えられている部屋があり、そこで美奈のつくった弁当を食するのだろう。

だが、五つ半から七つまでというと、三刻半もの時間がある。その間、徳太郎はなにをするのだろう。

自由にできるだろうから、美奈が案じている妙な動きをするというようなことはないのだろうか。

見物人が散ったあとも修馬は連子窓に張りつき、動かなかった。

一刻近くそうしていたが、徳太郎は奥から出てこなかった。

裏口があるのではないか。そんな思いにとらわれ、修馬は道場の裏手に走った。塀の切れ目に、こぢんまりとした門が設けられていた。もしやあそこから出ていったのではあるまいか。

修馬は門扉を押してみた。中から閂《かんぬき》がかけられているようで、わずかに動くだけだ。ほっとした。徳太郎は中にいる。

安堵と同時に空腹を覚えた修馬はその間に近所の蕎麦《そば》屋に入り、腹を満たした。あまりうまくなく、損をした気分だ。ここしばらく、好物の蕎麦切りの当たりがよくない。かんばしくない店の暖簾《のれん》ばかり払っている。

午後の稽古では、門人がかなり増えた。仕事を早々に終えた職人ふうの男や、勤めを終えてやってきた侍たちである。徳太郎はそれらの者にていねいに稽古をつけている。その白皙《はくせき》のどこにも、暗い翳《かげ》は感じられなかった。

暮れ六つに稽古が終わった。一刻という短い時間だったが、稽古はかなり濃密で、門人たちは満足げな顔を並べている。掃除がはじまり、徳太郎も手伝っている。なにがおもしろいのか、門人たちと明るく笑い合っている。

掃除が終わり、奥から出てきた道場主らしい男に徳太郎が挨拶《あいさつ》した。道場主はかなりの老齢である。腕は相当のものかもしれないが、あの歳では門人たちに稽古をつけるまでにはなかなか至るまい。

すっかり暗くなってから徳太郎は道場を引き上げた。提灯をつけ、一人で夜道を行く。

修馬は提灯をつけることなくあとをつけた。

徳太郎は三町ばかり東に進み、左に折れた。突き当たりに長屋の木戸があり、それをくぐり抜けた。長屋の木戸も、だいたい夜の四つ（十時）に大家によって閉められる。修馬はついていった。旅韻庵《りよいんあん》と看板が出ている長屋の店に入り込んだ。

ここが美奈どのの住まいか、と修馬はうれしかった。旅韻とは、どういう意味だろう。旅に関係している言葉にはちがいあるまい。初めて見る言葉だが、あるいは美奈の造語かもしれない。

美奈が夕餉《ゆうげ》の支度をしているのか、あたりにはふんわりとだしのにおいがしている。

修馬の腹の虫が鳴いた。これからが本番だ、と気合を入れ直す。木戸のところまで戻り、小さな稲荷社の背後に身を入れた。ここからなら長屋の様子がよく見える。

それから一刻後、襲来する蚊に悩まされながらも、修馬がじっとしていると、障子戸がひそやかにあいた。徳太郎が出てきた。部屋からほんのりとした明かりが漏れ、狭い土間に美奈が立っているのが見えた。

「案ずるな」

徳太郎が美奈にいい聞かせている。

「でも」

「大丈夫だ」

徳太郎が深くうなずく。

「俺は危ないことはしておらぬ」

「兄上、いったいなにをされているのですか。教えてくださらぬから、こちらも心配せざるを得ないのです」

徳太郎が押し黙る。

「では、行ってくる。つけるなよ。つけても無駄ぞ。美奈、心張り棒を嚙まして、寝ていろ。わかったな」

有無をいわせぬ口調だ。提灯に火をつけた徳太郎が体をひるがえし、長屋の路地を歩き出した。木戸を抜け、修馬のいる稲荷社《いなりしゃ》の前を通り過ぎる。

修馬は心で十を数えてから、稲荷社を出た。長屋のほうを見ると、美奈が戸口に出て、こちらを見つめていた。修馬はうなずいてみせ、再び徳太郎をつけはじめた。

十間（一八メートル）ほど先を徳太郎の提灯が行く。

徳太郎が右に折れた。修馬は足音を殺し、辻《つじ》へ近づいていった。徳太郎が折れたのは狭い路地だ。修馬はのぞき込んだ。むっ、と眉をひそめた。無人の暗い道が二十間（三六メートル）ばかり続いているだけだ。

修馬は地を蹴り、路地を突き抜けた。広い道に出た。左右を見渡してみたが、ここにも徳太郎の姿はない。

くそう、しくじった。美奈どのになんといえばよいのだろう。

今夜はあきらめ、戻るしかない。この闇だ、徳太郎は二度と見つからないだろう。

修馬は、はっとした。冷たくかたいものが背中に突きつけられている。

「何者だ」

低い声がきいてきた。修馬は答えない。

「おぬし、道場の外でも俺のことをずっと見ていたな」

それも気づいていたのか、と修馬は背筋が冷えた。ふむ、と徳太郎がいった。

「どうやら妹に頼まれたようだな。名はきかぬが、よいか、今度俺をつけたら、容赦なく斬るぞ。覚えておけ」

冷たくかたいものが背中から消えた。

振り返ると、徳太郎が歩き出したところだった。提灯をつけることなくすたすたと足を運んでいる。

あとをつけろ。つけるんだ。

自らに命じたが、足は動かない。

くそっ。いったいなにをしている。

叱りつけても駄目だった。修馬は徳太郎を呆然《ぼうぜん》と見送るしかなかった。徳太郎から発せられている強烈な気に、今もなおがんじがらめにされているのだ。

足が自由になり、上体から力が抜けたときには、徳太郎の姿はどこにもなかった。

あまりの不甲斐《ふがい》なさに、修馬は情けなくて涙が出そうだった。

仕方あるまい。しばらくしてから修馬は心中でつぶやき、気持ちを切り替えた。

初日は誰もこんなものだろう。明日だ、明日。きっと明日の晩も、徳太郎は動くにちがいなかった。

そのときこそしっぽをつかめばよい。それで、今宵のしくじりの埋め合わせとするのだ。

五

徳太郎にべったりくっつく。

それは今日も変わらない。

いや、昨日とは比べものにならないほどの執念で、徳太郎にまとわりつかねばならない。姿を隠したところでどうせ徳太郎に見つかるのであれば、堂々としていればいい。

徳太郎の脅しに屈するわけにはいかない。もし屈したら美奈に顔向けができないし、男が廃《すた》るというものだ。

修馬は賀芽道場に行くために、住まいの物置の戸をあけた。朝日が斜めに射し込んでくる。今日もまた暑くなりそうだ。いや、もうかなり暑い。汗が全身くまなく噴き出そうと、手ぐすね引いている感じだ。

歩き出そうとしたら、横合いから近づいてきた者がいた。

「山内の旦那」

声をかけてきた。元造の子分である竜三が、にこやかに笑みを浮かべていた。

今日もすでに暑いとはいえ、まだ炎天下というわけではなく、竜三の顔は茹《ゆ》で蛸《だこ》のようにはなっていない。

「おう、どうした」

声を発しながらも、修馬はどんな用件で竜三が姿を見せたのか察しがついた。

竜三が足を止めて辞儀し、顔を上げた。

「実は、近々また出入りを行うことが決まりやしたのでお伝えにまいりやした」

「相手は五郎助一家だな。いつだ」

「あさってです」

「それはまた急だな。捕まった五郎助一家の者は番所から解き放たれたのか」

「どうやらそのようで」

「それはまた早いな。牢屋《ろうや》が一杯で、たいした罪を犯しておらぬ者を置いておく余裕がないのだろうな」

「そうかもしれませんねえ」

竜三がのんびりと答える。

「出入りはどこでやる」

「そいつはまだ秘密だそうです。今度は番所の手の届かない場所で存分にやることになったそうですけど、噂《うわさ》にしたくないようですね」

「噂になると、必ず番所には知られるだろうからな。手の者が大勢、町をめぐっているということだろう。それにしても、噂にする気がないとは、やくざ者の割に周到だな」

「親分にしてみれば、二度と邪魔されたくないでしょう。この前の出入りはほとんど勝っていたんですからねえ。今回の出入りで勝てれば、大きな縄張を取れる。負ければ、大きな縄張を失う。あっしらとしてもがんばらなければならないんですよ。そういうわけなんで、山内の旦那、よろしくお願いします」

「おう、わかった。任せておけ」

「ありがとうございます。場所と時がわかったら、すぐにお知らせします。今度は五郎助一家も凄腕の用心棒を連れてくるみたいですよ。でも山内の旦那なら大丈夫ですよねえ。山内の旦那にかかるあっしらの期待は、大岩のようにでっかいですよ」

凄腕か、と修馬は一瞬ひるみを覚えた。凄腕相手では分が悪い感じがしてならない。もし五郎助一家に勘兵衛のような男が雇われたら、相手にならないだろう。

前言を撤回したくなったが、もうしようがない。なんとかするしかなかった。

竜三は、唄《うた》でも口ずさみそうな足取りで帰っていった。

見送った修馬は賀芽道場に足を向けた。

道場は今朝も相変わらず盛況で、大勢の門人が汗を流している。徳太郎も、昨日と変わらない顔で門人たちの指導に励んでいる。

いったい昨晩はあれからどこに行ったのか。

まあよい。今宵こそ突き止めてやる。修馬は決意を新たにした。

稽古は午前も午後もつつがなく終わった。連子窓のそばに立ち、ひたすら徳太郎を見ていた修馬にとっては長い時間で、ようやく出番がめぐってきた感じだ。昼間は見張る必要もないような気がするが、もしそばを離れたときに徳太郎が動いたら、目も当てられない。

おとなしく長屋に帰った徳太郎が、五つ（八時）過ぎになって、またも長屋を出てきた。悲しそうな顔をした美奈が見送りに出ている。

昨夜と同じく稲荷社の後ろにひそみ、修馬は徳太郎をやり過ごそうとした。だが、徳太郎が足を止め、刀を引き抜いた。小さな赤鳥居をくぐって稲荷社の前に立った。刀を突きつけられそうになり、うわ、と声を出して修馬は必死に横に逃れた。

徳太郎がにらみつけている。

「殺すといったぞ」

修馬はかぶりを振った。

「いや、おぬしはそうはいっておらぬ。斬るといったのだ」

「減らず口を叩くな」

「叩いた覚えはない」

「それが減らず口だというのだ」

徳太郎がちらりと長屋のほうを見る。修馬もつられた。美奈は店に戻ったようで、姿は見えない。

「妹に俺のことを頼まれたのだな。きさま、妹とはどんな関係だ」

やはり美奈のことをずいぶん気にしている。美奈のことがかわいくてならないのだろう。

「美奈どのと俺との関係は、依頼主と仕事を受けた者ということにすぎぬ。おぬしの様子がおかしいから調べてほしいといわれている。おぬし、夜な夜な出かけていったいなにをしているのだ。女ではないらしいが」

「きさまにいう義理はない」

いきなり徳太郎が駆け出した。

「あっ」

修馬はあわててあとを追ったが、すでに徳太郎の姿は闇に紛れている。どこにも見えなかった。足音も聞こえない。

修馬は足を止めざるを得なかった。なにか虫が耳元を通り過ぎていった。腹立ち紛れに手を振って捕まえようとしたが、空振りだった。

虫にまで馬鹿にされた気分だ。

あの野郎、いきなり駆け出すなど、やることがせこいぞ。

修馬は心で毒づいた。だが、なにをいっても、もはやあとの祭りである。

「あっしが捜してきますよ」

不意に一人の男が闇の幕を破ってあらわれたから、修馬は腰を抜かしそうになった。

「時造ではないか」

修馬はしげしげと見た。

「今なんといった」

時造が苦笑する。

「あのお侍はあっしが捜してきますよ、といったのですよ。山内さま、ここを動かず待っていてください」

時造が軽く土を蹴る。一瞬でその姿は闇にのみ込まれた。

「本当に捜し出せるのかな。捜し出せたとしても、徳太郎どのをつけるなど、いくら時造でも無理じゃないのかな」

修馬は商家の土塀に背中を預けて独りごちた。夜といってもまだ四つには間がある刻限で、目の前の道を行く者は少なくない。修馬に気づくと、誰もがぎょっとなり、一様に道を大回りして避けてゆく。

もしや辻斬りに見えるのかな。

辻斬りでなくとも、こんなところに浪人者が突っ立っていたら、誰だって驚くだろう。

どこかで蛙の声がしている。雨が近いのか、それとも雨を欲して鳴いているのか。

修馬はぎくりとした。足音もなくまっすぐ近づいてくる者がいたからだ。その影はまるで幽霊のように見えた。

「山内さま」

影から声が発せられた。

「時造か」

修馬は体から力を抜いた。

「ご案内しますよ」

「早かったな。四半刻ほどしかたっておらぬのではないか」

「あっしは早いのが取り柄でして。さあ、まいりましょう」

時造が小走りに道を行く。修馬はあとをついていった。

「時造、本当に徳太郎を見つけたのか」

時造の背中に声をかける。

「もちろんですよ」

時造が明快に答える。たいした腕としかいいようがない。

「時造、おぬし、いったい何者だ」

「ただの遊び人ですよ」

「おぬしのしていることは、ただの遊び人には決して真似《まね》できぬことだぞ」

不意に時造が足を止めた。修馬は黙り込み、立ち止まった。

「ここです」

時造がささやく。

「寺か」

修馬は小声で返し、頭上を仰ぎ見た。城郭を思わせるような石垣が組まれた大きな寺である。石垣の上は高い塀が設けられ、寺の四方を囲んでいる。鐘楼が影となって闇の中に浮いていた。

そういえば鐘を盗み出す者どもがいたな、と修馬は思いだした。まさか徳太郎は鐘を盗んでいるのではあるまいな。頻発している鐘泥棒の片棒を担いでいるのか。

だが、あの凄腕の男に鐘泥棒は似合わない。

十段ほどの急な階段の先に建つ山門を透かして見ると、長望寺《ちょうぼうじ》と記された扁額がかろうじて読み取れた。

むっ、と修馬は眉根を寄せた。境内から剣呑《けんのん》な気配が漂ってきている。時造も感じているようで、厳しい顔を山門に向けている。

「徳太郎はこの寺に入っていったのか」

修馬は声をひそめてきいた。

「さようです。そのときは、こんな殺気のような気配はまったくなかったのです」

となると、時造が修馬を呼びに来たそのあいだに、状況が変化したことになる。

境内でなにが起きているのか、確かめないわけにいかない。修馬と時造はうなずき合い、階段をそろそろと上りはじめた。

山門にはくぐり戸がついているが、門は外れているようで、時造が静かに押すと、音もなくひらいた。

先に時造がくぐり、中の様子を探った。蚊の羽音が修馬の耳元にまとわりつく。手で払うわけにもいかず、じっとしていると、時造が顔をのぞかせ、手招きをした。ほっとして修馬はくぐり戸に身を入れた。

境内はかなり広い。正面に建つ本堂は、見上げるような宏壮な瓦《かわら》屋根を誇っている。時造が、気配がしてきている鐘楼のほうへ足音を殺して進んでゆく。修馬はついていった。

時造が足を止めた。修馬もそれにならう。

十間ほど先の鐘楼の前に、徳太郎がいた。徳太郎は男たちと対峙《たいじ》していた。

あっ。修馬はかろうじて声を喉元で押さえ込んだ。徳太郎とにらみ合っている男は全部で六人いるが、いずれも般若の面を着けていた。路兵衛はこいつらが殺ったのか。そうとしか考えられない。

「次はこの寺ではないかとにらんでいた」

徳太郎が静かな口調でいった。

「毎夜、この鐘楼を張っていたが、ずばりだったな」

ということは、と修馬は思った。般若面の男たちが鐘泥棒ということで、徳太郎はそれを捕らえようとしていたのか。徳太郎はどうしてそんな真似をしているのか。伊達や酔狂ではないだろう。なんらかの理由があるにちがいない。

徳太郎は、六人の般若面の男たちをどうする気なのか。捕らえるのか、それとも斬り殺す気でいるのか。

般若面の一人が、徳太郎の前に静かに歩み出てきた。遣える、と修馬は目をみはった。徳太郎と対しても臆《おく》するところがない。それだけの腕の裏づけがあるのだ。

修馬が見たところ、徳太郎とほとんど遜色《そんしょく》ないのではないか。般若面の者たちの中では、抜群の腕を持っている。

——おや。

なにか妙な感じを覚えて、修馬は徳太郎と対している者を凝視した。

あれは女ではないか。男にしては体の線が華奢《きゃしゃ》すぎる。まちがいない、女だ。

江戸というのはすごいな、と修馬はまたも感心することになった。あんな凄腕の女までいるのである。修馬とは比べものにならない腕だ。鍛え抜いたということもあるのだろうが、もともとの素質がちがいすぎるということもあるのだろう。

　ふと、修馬は鼻をくんくんさせた。

「どうかされましたか」

　時造が声を押し殺してきいてきた。

「いや、なにやらいいにおいがしているのだ。これまで嗅《か》いだことのないにおいだな。甘いが、それだけではない」

　修馬はささやき返し、女の遣い手を見た。においは、明らかにあの女からしてきている。匂い袋かなにかを身につけているのか。

　だが、匂い袋とは思えないようなにおいだ。なにか形容しがたい。においというより、芳香といったほうが正しい気がする。

「なにも答えぬのだな」

　徳太郎の声が沈黙を破った。

「ならば、やるか」

　徳太郎が刀を引き抜き、正眼に構えた。

　般若面の女も抜刀した。他の五人も刀を引き抜き、扇のように広がった。徳太郎を両側から挟み込もうとしている。

　徳太郎が恐れげもなく、すすと前に出た。刀を振り上げ、女に対して容赦ない斬撃を浴びせた。女がさっと飛びすさる。徳太郎が一気に間合を詰めた。予期した以上の動きだったようで、女の狼狽が修馬にも伝わった。

本当に殺る気なのか。修馬は慄然《りつぜん》とした。

先手必勝とばかりに徳太郎が刀を振り下ろしてゆく。それをなんとかはね上げて女を危機から救ったのは、般若面の他の男だった。徳太郎がその男に刀を振り下ろした。男は避けたが、ぴっと着物が裂けたような音がした。男が左手を押さえる。腕を切られたようだ。

般若面の四人の男が徳太郎を取り囲んだ。

いくら徳太郎が強くても、四人に囲まれては危ういのではないか。よし、行くぞ。

修馬は飛び出した。

「山内さま」

時造が驚きの声を出す。修馬は十間の距離を一気に駆け抜けた。徳太郎に向かっていう。

「助太刀するぞ」

徳太郎が、なんだという顔を向けてきた。般若面の者たちの輪に動揺の波が走った。

「いらぬ。余計な真似をするな」

徳太郎が怒鳴った。

「余計かどうか俺の働きを見てから判断せい」

修馬は、般若面の男に斬りかかった。刀は軽々と弾かれた。

突きが伸びてきた。修馬は、まずい、よけきれぬ、と感じたが、体をひらくことでかろうじてかわした。

修馬の後ろで、鉄の打ち合う音が響いた。はっとして見ると、時造が修馬を守るように般若面の一人と戦っていた。得物は匕首《あいくち》のみである。匕首と刀では戦う力がまったく異なるが、時造は体の敏捷さを利して優位に立っていた。

こいつはいったい何者だ、と修馬はまたも思ったが、すぐに新手の男に向かって突っ込んでいった。修馬は走り回り、敵を混乱させることを目的としていた。

その甲斐があって、徳太郎は遣い手の女に一対一の戦いを挑めるようになっていた。

女は落ち着きを取り戻したようで、後ろに下がりながらも徳太郎の斬撃を確実にはね返している。その刀さばきと動きには、若干の余裕すら感じられた。

徳太郎もすごいが、あの女もすごい。一瞬たりとも立ち止まることなく境内を走り回りながら修馬は感嘆するしかなかった。

だが、やがて修馬の息は切れてきた。足にも力が入らなくなってきた。刀を振るのにも腕が重くなってきた。修馬の動きが落ちるにつれ、徳太郎のまわりに般若面の男が集まってゆく。

結局、五人全員が徳太郎に向かって刀尖《とうせん》をそろえ、女を守る形になってしまった。さすがの徳太郎もこうなっては女に刀を振り下ろすことができない。

徹底して鍛え直さねばならぬ。こんなざまでは人の役に立てぬ。

だが、これまでも似たような誓いは何度も立ててきた。それが守られたためしはない。誓いを立て、破ってしまうたびに、修馬は自分の弱さを嘆いたものだ。

今度は必ずやり遂げるぞ。もう嘆くのはこりごりだ。

修馬と時造は徳太郎の後ろに控えた。般若面をつけた者たちを正面から見つめる。やはり例の芳香がかすかな風に乗って漂ってくる。芳香は、やはりまちがいなく女の剣士から発せられている。

女が刀をおさめ、徳太郎をにらみつけるやさっときびすを返した。納刀することなく男たちが徳太郎に鋭い目を浴びせつつ、女に遅れまいとしてついてゆく。

徳太郎が踏み出そうとして、とどまった。そうこうするうちに、般若面の者たちは闇に消えていった。

修馬は全身から力が抜けた。盛大な吐息が口から漏れる。汗みどろになっており、着物が重くてしようがない。

だが、時造が助太刀してくれたおかげもあって、傷は一つも負っていない。

それでも、やはり真剣での命のやりとりは、恐ろしかった。やくざの出入りとは比べものにならない。目がくらむような怖さだった。

徒目付だったとき、勘兵衛とともに何度も修羅場をくぐり抜けた経験が、とにかく大きかった。

徳太郎が刀を鞘《さや》にしまった。修馬をにらみつけてきた。

「きさま、どうしてここにいる」

「連れてきてもらったのだ」

「あの小柄な男か。どこにいった」

「あれ」

時造はいつの間にか消えていた。

「まったく霧みたいな男だ。そこにいたと思ったら、すぐに消えてしまう」

徳太郎が無言で見つめている。

修馬は見つめ返した。

「おぬし、実は俺に感謝しているのではないのか。いま目にそのような色が浮いていていたぞ」

「勘ちがいだ」

徳太郎がいまいましげに吐き捨てた。

「くそう、逃がしてしまった」

「おぬし、あの者らを捜して毎夜、出かけていたのだな。どうしてそんな真似をする」

修馬はたずねた。

「誰かに頼まれたのか」

徳太郎がぴくりと肩を震わせ、じろりと修馬を見てきた。

「どうやら図星のようだな。誰に頼まれた」

「うるさい。つべこべいうと、叩《たた》っ斬るぞ。俺はいま腹が煮えてならぬのだからな」

ふう、と大きく息をついた徳太郎が大股《おおまた》に歩きはじめた。

「般若面の連中は何者だ」

修馬は徳太郎の背中にきいた。徳太郎はなにもいわない。

「あの首領らしい女は誰だ」

これにも答えはなかった。

「鐘を盗んでいるのは、もしや偽金造りに関係しているのか」

歩をゆるめることなく徳太郎が振り向いた。

「さあてな」

関係ないはずがない。路兵衛を殺したのはやつらだろう。

寺には庫裏《くり》や寮らしい建物があり、大勢の僧侶がここで暮らしているのがわかる。先ほどの剣戟《けんげき》の気配が伝わらなかったはずがないが、一人として外に出てくる気配がない。じっと息をひそめているのだろうか。

徳太郎が山門のくぐり戸を抜け、階段を降りはじめた。その背中には、これ以上の問いはすべて拒絶するという強い意志があらわれていた。

修馬も階段を降りきり、道に出た。

これ以上なにをきいたところで、なにも得られぬだろうな、と修馬は覚った。口を引き結び、無言で徳太郎のあとを歩いた。

どこかで蛙が鳴いている。と思ったら、冷たいものがぽつりぽつりと額や頬に当たりはじめた。強い降りにはなりそうにない。

それでも、久しぶりの雨だな、と修馬はうれしかった。雨がうれしいなどというのは、いったいいつ以来だろう。

心が弾んだら、どうしてか先ほどの徳太郎の感謝しているような顔が脳裏にすいと浮かんできた。

修馬の顔がゆるみ、ふふ、と自然に笑みがこぼれた。

第三章

一

今日も徳太郎に張りつくつもりだ。

般若面《はんにやめん》をつけた者どもは、昨夜邪魔が入ったからといって、長望寺の鐘をあきらめるだろうか。

かなり大きな鐘である。あきらめるようなことはないのではないか。

同じ読みは徳太郎もしているだろう。きっとまた長望寺に出向くに決まっている。

もしかしたら、長望寺以外にも目をつけている寺があり、そちらに行くかもしれない。

とにかく、今日も徳太郎にべったりとくっつかなければならない。

だが、その前に七十郎に昨夜の般若面の者たちのことを話しておいたほうがよかろう、という気になった。

すでに見廻《みまわ》りに出てきている刻限だろう。適当に歩けば、会うことができるのではないか。勘はいいほうだ。修馬は物置を出て、歩き出した。

歩を運びつつ、般若面をつけた者たちの呼び名をつけておいたほうがいいのではないか、と思った。やつらをなんと呼べばいいだろうか。

――般若党。

これで決まりだろう。やつらは般若党だ。

なんとなく賀芽道場のほうに道を取った。すると、七十郎と清吉が歩いてくるのを目の当たりにした。やはり会えたぞ、と修馬はうれしかった。

声をかけると、二人が笑顔になった。人が笑うと楽しくなるのはなぜだろう、と修馬は二人を見つめて考えた。理由はよくわからないが、笑顔というのが、いかに大事か知れる。同じ物を扱っている店でも、人は笑みを絶やさない奉公人がいるほうに行くものだ。

「七十郎、話がある」

いうと、七十郎と清吉が真剣な顔を向けてきた。

「実は――」

修馬は般若党の話をした。匂《にお》い袋かなにかわからぬが、女の遣い手が漂わせていた芳香のことも語った。ただし、徳太郎の名と住みかについては伝えなかった。七十郎が話を聞きに行ったところで、あの男のことだ、なにも話しはしないだろう。

徳太郎から話を聞くのは俺だ、と修馬は勝手に決めている。あの男の懐に入り込み、必ず聞き出してやるのだ。

「ほう、般若党ですか」

七十郎はさすがに興味を抱いた様子だ。これは町方同心として当たり前のことだろう。

「路兵衛を殺した連中でしょうか」

「うむ、俺はやつらが路兵衛を殺したのだと思う。鐘は銅でできているから、天保通宝の材料になる。偶然とは考えられぬ」

「どんな連中でした」

「武家であるのはまちがいないだろう。ほかはよくわからぬ。般若面で顔はまったく見えなかった。あの芳香がなんであるかわかれば、調べも進むのかもしれぬが」

「それがしも是非とも嗅《か》いでみたいですね」

「遣い手をそばに置いておかねばなるまいよ。でなければ、嗅いだはいいが、そのときが最期ということになりかねぬ」

「そんなにその女はすごい腕なのですか」

「ああ、すごいと思う。般若党が鐘を盗むところを押さえようとしていた遣い手と、互角に渡り合ったゆえ」

七十郎がじっと見る。

「その遣い手の名は教えてもらえぬのですね」

「すまぬ」

「わかりました。山内さんがそうおっしゃるのなら、理由があるのでしょう」

すまぬ、と修馬はまた謝った。

「ところで路兵衛の身元はわかったか」

七十郎がかぶりを振る。

「調べているのですが、いまだにはっきりしません」

七十郎が一つ間を置いて続ける。

「どうもそれがしの感触では、やはり元は侍なのではないかという気がします。大名家の家臣かどうかはわからぬのですが」

「ほう、理由は」

「実はあの家をよく調べたところ、押し入れに大小がしまってありました。それがかなりの業物で、とても町人が持つような物ではないのですよ。それに剣だこがありましたし」

そうだったか、と修馬は思った。剣だこには気づかなかった。路兵衛が侍かもしれないということで、勘兵衛にも人相書を渡して身元探しを頼んであるとのことだ。

勘兵衛か、と修馬は思った。

「久岡どのにはつい先日会ったばかりだ」

「えっ、そうなのですか」

「うむ、元気そうだった」

「そうでしたか……」

七十郎が顔を上げ、見つめてきた。

「ところで路兵衛の事件があった翌日、滅多刺しにされて殺された男が見つかったのです」

「続けざまに殺しがあったということか。それは七十郎の縄張でか」

さようです、と苦い顔で七十郎が答えた。

「その者は若い町人です。名も身元もわかっていません」

「なんとなく感じるのだが、路兵衛に似ているような気がするな」

修馬がいうと、七十郎がうなずく。

「それがしもそう思います。二つの事件にはつながりがあるのかもしれぬと頭に入れて、探索に臨んでいます」

「さすがだな」

修馬は心からほめた。このあたりのそつのなさはすばらしい。

「殺された男は息を引き取る寸前、石に平仮名で、てんじ、と血文字で記しました。山内さん、これはなにを意味すると思いますか」

「平仮名で書いたのか」

修馬は考え込んだ。

「人の名かな。元号にもそんなのがあったか。あとは、天神とか天寿とか天助とか天井とか点者とか」

点者は連歌や俳諧などで、作品の優劣を判ずる点をつける者のことだ。

「点者ですか」

「あまり関係ないかもしれんな」

修馬は首をひねった。

「その男はいつ殺された」

「検死医師の紹徳先生によれば、深夜の九つ（零時）から七つ（四時）のあいだではないかとのことでした」

「近くに明かりは」

「いえ、ありませんでした」

「つまり、その男は夜目が利いたのか。だが、実は利かなかったということも考えられるな」

「えっ、どうしてです」

七十郎が驚いてきく。

「平仮名で石に、てんじ、と書くのなら、別に見えなくても書けるな、と思ったまでだ」

七十郎が目を閉じ、てんじ、と宙に書いている。同じことを清吉もしている。

「本当だ」

七十郎が修馬をほれぼれと見る。

「さすがですね」

「そんなことはない。実際には夜目は利くが、息絶える寸前でも書きやすいから平仮名にしたということも考えられぬではない」

なるほど、といって七十郎が一枚の紙を取り出した。

「これをお持ちください」

修馬は手に取り、人相書をじっくりと見た。

「やはり初めて見る顔だ。路兵衛には似ておらぬな」

「そうですね」

修馬は目を上げた。

「なにか手がかりになるようなことを見つけたら、必ず知らせよう」

七十郎と清吉が笑顔になる。

「はい、よろしくお願いします」

とうに徒目付をくびになっているのに、修馬の力を信じて人相書まで渡してくるのは、七十郎の優しさなのだろう。

七十郎と清吉と別れた修馬は、賀芽道場に向かって歩き出した。連子窓《れんじまど》越しとはいえ、徳太郎の技の切れを見るのが修馬の楽しみになっている。昨夜もすごかった。あの女剣士も徳太郎の斬撃《ざんげき》をことごとくはねのけるなど、本当にすさまじい腕だ。

おそらく七十郎は、女のすさまじい遣い手という筋を手繰ってゆくのではないか。町道場の門人か、もしくは道場主としても目立つのはまちがいない。

だが、どこかの大名家の者で、国元から出てきたとしたら、手がかりはつかめないだろう。昨日見た般若党の者たちの刀法は、別に変わったところはなかった。正統の香りがする剣を遣っていた。それは徳太郎も同じだった。柳生新陰流《やぎゅうしんかげりゅう》かもしれぬ、と修馬は思った。

天下流だけに全国に広がっている。なにしろ、遠く九州でも盛んだという話を聞いたことがあるくらいだ。

それにしても、と修馬は思った。あの芳香はいったいなんなのか。どこか人を陶然とさせるようなところがある。

さっぱりわからぬ。あんな香りは、これまで一度も嗅いだことがない。

おっ。修馬は前方からやってくる男たちを見て、目をみはった。

「修馬ではないか」

勘兵衛が立ち止まって笑う。

「よく会うな」

「まったく」

修馬は言葉少なに返した。

「今日も市中の見廻りをしておられるのでござるか」

「まあ、そうだ」

勘兵衛の背後にいる男たちの目が、相変わらず冷たい。もっとも、公儀の機密を扱う関係から、もともとなにを考えているかわからないように表情をなくしている。冷たく見えるだけかもしれない。いいほうに考えすぎだろうか、と修馬は思った。

「先ほど稲葉どのに会いもうした。路兵衛という男の件で進展具合をききもうした」

「修馬が見つけたとのことだったな。般若という言葉を残して路兵衛という男は死んだそうだな」

修馬は点頭した。

「すでに七十郎から聞いたかもしれぬが、残念ながらまだ身元は判明しておらぬ。鋭意調べてはいるのだが」

勘兵衛が言葉を切った。

「ただ、俺は、あの男は隠密ではないかと思っている」

「隠密――」

そうだ、と勘兵衛がいった。

「町人のなりをした侍といえば、隠密しかおらぬのではないか」

「確かに」

修馬は勘兵衛を見つめた。勘兵衛が穏やかな目で見つめ返してくる。この男はどうしてこんなに優しい瞳《ひとみ》をしているのだろう、と修馬は不思議だった。俺はへまを犯して徒目付をくびになったというのに。

「路兵衛という男は、なにかを調べていたということになりもうすか」

「偽金造りだろう」

勘兵衛がずばりといい、修馬は驚いた。

「偽金造りのことは、修馬も知っているだろう。路兵衛という男が隠密だとして、なにを調べようとしていたのか、どうしておびただしい一文銭を集めていたのか、それらを調べなければならぬ」

そうか、と修馬は覚った。勘兵衛たちは市中見廻りと同時に、路兵衛の件と滅多刺しにされて殺された男の件も調べているのだろう。町奉行所だけでは二つの殺しの事件を抱えて手が足りないのは事実だ。七十郎にとっても、勘兵衛が手助けしてくれるのは、ありがたいことこの上ないだろう。

勘兵衛と一緒に探索できないことが、修馬には残念だった。その思いは顔には出さない。

勘兵衛がじっと見ている。深い色をした瞳で、修馬はなんでも見透かされそうな心持ちになり、顔を伏せた。滅多刺しにされて殺された男の、てんじ、の意味を勘兵衛がどう思っているか、知りたかったが、さすがに答えてくれぬのではないか、という気がした。

「修馬、ではこれでな。息災でいてくれ」

「はっ」

修馬は顎《あご》を深く引いた。

勘兵衛が配下を引き連れ、歩き去ってゆく。

修馬は息をつき、勘兵衛たちとは逆の方向に歩きはじめた。それが本当に別の方角に分かれたのが実感されて、ひどくつらかった。

未練だぞ、山内修馬。おまえはもう二度と徒目付に戻れぬ。自由な身を喜んでいたではないか。

そうはいってもな、と修馬は心中でつぶやいた。

やってきたのは徳太郎が師範代をつとめる賀芽道場である。

連子窓からのぞいたが、徳太郎の姿はどこにもない。

もう午前の稽古《けいこ》は終わったのだろうか。いや、そんなことはない。大勢の門人たちが竹刀《しない》を交えている。

厠《かわや》だろうか。だが、いつまで待っても道場に姿をあらわさない。ここは、いないと断ずるしかなかった。

修馬は道場の入口にまわり、訪《おとな》いを入れた。出てきた門人に、徳太郎はどうしたのか、たずねた。

「今日はお休みです」

「病かなにかか」

「いえ、さすがに毎日は無理とのことで、十日に一度、お休みをいただいています」

そういうことか。となると、徳太郎は長屋にいるのだろう。

修馬は門人に礼をいって、賀芽道場をあとにした。

旅韻庵という看板が出ている長屋の店《たな》の前に立った。ここで美奈は手習所《てならいどころ》をひらいている。今は手習の最中だろうか。だが、子供の気配はまったく感じない。修馬は訪いを入れた。はい、と女の声がし、障子戸があいた。

土間に立つ美奈が修馬を見て、あっ、と声を出した。

「子供の姿が見えないようだが、今日は、手習所は休みかい」

「ええ、はい、そうです」

徳太郎が、ずいと美奈の横に立った。修馬を一瞥《いちべつ》する。

「なにしに来た」

「おぬしに話を聞きに来た」

徳太郎がにらむ。

「話すことなどなにもない」

「それでもよいが、暑くて喉《のど》が渇いた。美奈どの、茶を一杯所望してもよろしいか」

「きさまに飲ませる茶などない」

「兄上、そうおっしゃらずに」

「美奈、飲ませるつもりか」

「よいではありませんか」

美奈が横にどいた。

「ということだ」

修馬は敷居を越え、土間に立った。

「きさま、図々しいな」

「うむ、よくいわれる」

徳太郎がうしろに引き下がり、畳の上にあぐらをかいた。修馬はその前に座り込んだ。

「手習所だけのことはあって、なかなか広いな。ここは八畳間か」

「そうだ」

美奈が台所に立ち、湯を沸かしはじめた。

「手習子は何人いる」

徳太郎が考え込んだ。やがて顔を上げて答えた。

「十二人だ」

「答えるまでにずいぶんときがかかったな」

「一人一人の名と顔を思い出し、数えたゆえな。みんな性格が異なり、かわいくてならぬ」

「おぬし、手習子になつかれているのか」

「そうでもない。ときおり妹の手習の様子を見ているだけだからな」

「天神机《てんじんづくえ》は」

その言葉を口にしたら、てんじ、という言葉が修馬の脳裏をよぎった。血文字の意味するのが、天神机ということはないだろうか。ありそうだが、なさそうでもある。なんともいえない。

「隣の部屋に積んである」

「部屋は二つあるのか」

「そうだ。隣は四畳半だ」

徳太郎がはっとし、修馬に目を据えた。

「きさま、油断ならんな」

「なんのことだ」

「人を籠絡《ろうらく》するのがうまい」

「うまくはない。おぬしが人がよいのだ」

「よいはずがない」

どうぞ、と美奈が二つの湯飲みを茶托《ちゃたく》の上に置いた。修馬と徳太郎の分だ。湯飲みから穏やかに湯気が立っている。美奈の人柄をあらわしているような気がした。

「かたじけない」

修馬は湯飲みを持ち、茶をすすった。熱くはいれてない。ほっとするあたたかみが伝わってくる。これはやはり美奈どのの人柄そのものだな。

徳太郎も茶を喫している。好々爺《こうこうや》のような顔になっている。修馬は心中で笑みをこぼした。

湯飲みを茶托に戻し、徳太郎に問うた。

「それで誰に頼まれてあのような真似《まね》をしている」

徳太郎はなにもいわず、茶をひたすら味わっている。

「般若面の連中は何者だ」

これにも答えはない。

「おぬし、頑固者だな」

徳太郎が目を上げた。

「そんなことは一度もいわれたことはない」

「嘘《うそ》ばっかり」

美奈が台所から笑いかける。

「いわれ続けているでしょ。仕官もその頑固さで駄目になっているんだから」

「仕官が望みか」

「悪いか」

「いや、悪くはない」

山内さま、と美奈が呼ぶ。

「昼餉《ひるげ》を一緒にいかがですか」

「よいのか」

「もちろんです。素麺《そうめん》ですけど、お嫌いではないですか」

「大好物だ」

美奈は三つの膳《ぜん》を用意し、それに素麺とつゆの入った器をのせて出してくれた。

「これはうまそうだ」

修馬は箸《はし》を取り、遠慮なく素麺を手繰った。ずるずると音を立てて食べる。

「ああ、おいしいなあ」

「本当ですか」

「こんなにおいしい素麺は初めて食べた」

「そんな大袈裟《おおげさ》な」

美奈がにこにこ笑う。

「いや、本当だ。嘘ではない。なあ、徳太郎、うまいなあ、これは」

徳太郎がじろりとにらみつけてきた。

「呼び捨てにしおったな」

「ああ、悪かったか。おぬしも俺のことを修馬と呼んでくれ」

「するものか」

徳太郎は不機嫌そうではあるが、客があることがうれしいのか、のどかさを感じさせる目をすることがある。

「今日は出かけぬのか」

素麵を食べ終えて、修馬は徳太郎にきいた。

「うむ、出かけぬ。今日はしっかりと体を休めるつもりだ」

「それがよかろう」

修馬はほっと安堵《あんど》した。

「美奈どのも安心だな」

「はい」

美奈がまぶしい笑みをたたえてうなずいた。

徳太郎は嘘をいうような男ではない。

修馬は素麵の礼をいって、徳太郎と美奈の長屋をあとにした。美奈が路地に出て見送ってくれたが、徳太郎も土間に立って修馬を見ているのがわかった。

修馬は手を振った。美奈は振り返してくれたが、徳太郎は仏頂面をしていた。それでも、もっと親しくなれそうな予感が修馬にはあった。

修馬は住まいとしている物置に戻った。昨晩の戦いの疲れが抜けきっていないのに加え、昼餉を馳走《ちそう》になったこともあり、たまらない眠気があって、どうしても横になりたかった。

四半刻《しはんとき》(三十分)程度のつもりだったが、目を覚ましたときには物置の中は薄暗くなっていた。

けっこう寝てしまったな。

美奈に茶をもらったこともあり、そんなに眠れないのではないかと思っていた。だが、疲れのほうがはるかに深かった。

修馬は起き上がり、布団の上にあぐらをかいた。耐えきれないくらい喉が渇いており、すっくと立ち上がった。外に出る。あたりには夕闇《ゆうやみ》の気配が広がっていた。修馬は太兵衛の井戸に行き、冷たい水を存分に飲んだ。

生き返った気分だ。夏の昼寝のあとの水はどうしてこんなにうまいのだろう。すっきりして、物置に戻る。畳に座ろうとしたとき、来客があった。

「山内の旦那《だんな》」

外から呼びかけてきたのは、やくざの親分の元造である。

「おう、入ってくれ」

戸が横に動き、目をぎょろりとさせて元造が入ってきた。失礼いたしやす、と深く辞儀してから修馬の前に進んできた。正座する。

修馬は目を合わせた。

「親分、出入りが決まったか。竜三から聞いたが、明日ということだったな」

「はい、さようです。よろしくお願いします」

「場所は」

「まだいえません」

「俺は誰にも漏らさぬぞ」

「承知していますが、万全を期したいのです」

「そうか。ならば無理強いはするまい」

「ありがとうございます」

元造がこうべを垂れる。

「五郎助は死にものぐるいでくるだろうな」

「さようでしょうね。なんでも凄腕《すごうで》の用心棒を用意しているとのことですよ」

「凄腕か」

「なに、心配いりませんよ。山内さまの敵ではありませんから」

そういわれても不安はよぎる。

「元造、一人、とんでもなく強い男に心当たりがあるのだが、連れてきてよいか」

「とんでもなく強いお方ですかい」

元造が目を輝かせる。

「それはもう願ってもない話ですよ」

「元造、代は弾めよ」

元造がにこりとする。

「お任せください」

「いくら出す」

元造がうかがうような目をする。

「そのお方はどのくらい遣われるのです」

「俺の倍は強い」

「ええっ、まことでございますか」

「とんでもなく強いというのは、そういう意味だ」

さようですか、と元造が眉根《まゆね》を寄せて考え込む。

「でしたら、これでいかがでございますか」

元造は右の手のひらを広げている。

「五十両か」

「滅相もない」

修馬はにやっと笑った。

「わかっておる。五両だな。よかろう。今よりその者と話をつけてくる。——明日は親分のところに行けばよいのか」

「おっしゃる通りにございます。決戦の場にはみんなでまいりましょう」

「いつ行けばよい」

「昼の四つ（十時）に来ていただければ、十分に間に合います」

「わかった。必ず行くゆえ、安心してくれ」

「よろしくお願いいたします」

元造が立ち上がり、五人の子分とともに去っていった。

物置を出た修馬は、再び徳太郎、美奈の長屋に足を向けた。

訪いを入れると、美奈が障子戸をあけて顔を見せた。修馬はそれだけで心が弾んだ。

「徳太郎はいるかな。よい仕事を持ってきたのだが」

美奈がかぶりを振る。

「出かけたのです」

修馬はむずかしい顔になった。してやられたのではないか、という気がしてならない。

「どこへ」

「酒を飲んでくるといって出たのですけど」

「いつ出かけた」

「四半刻ばかり前です」

「徳太郎は酒を飲めるのか。俺は下戸だと思っていたのだが」

「たくさんは無理ですが、少しくらいなら飲めます」

「なじみの店はあるのか」

「飲みに行くなど滅多にありませんから、ないと思います」

修馬は腕をこまねいた。やはり出し抜かれたのだろう。徳太郎め、やり方がせこいぞ。仕官がかなわぬのは、そのあたりを見抜かれるからではないのか。

「捜してくる」

修馬はきびすを返した。

「心当たりがあるのですか」

背中に美奈の声がかかった。修馬は振り返った。

「ないことはない。美奈どのは、ここで待っていてくれ。必ず連れてくるゆえ。よいな」

美奈がこくりとうなずいた。

修馬は提灯《ちょうちん》に火を入れ、歩きはじめた。秋がだいぶ近づいているのか、闇の厚みが十日ばかり前とは異なっている。どこかで虫の鳴き声がしている。まだ元気はないが、これであと半月もすれば、盛大なものになっているのはまちがいない。

修馬は道を走りに走った。徳太郎は、昨夜の長望寺に行ったのではないか。

昨日の今日だ。まさか鐘を盗み出しに来るとは誰も考えまい、と般若党の者たちは断じ、すでにあの広大な境内にやってきているのではないか。

それを凄腕の剣士の勘で見抜き、徳太郎は待ち構えているのか。それにしても、いくらとんでもない遣い手とはいえ、なんでも一人でやろうとするのは、よくない。いつか大怪我《けが》するのではあるまいか。

修馬は長望寺の門前にやってきた。鐘楼を見上げる。しっかりと吊《つ》り下がっている。山門に続く階段をのぼり、くぐり戸を押した。またもひらいた。徳太郎は来ている。修馬は確信を抱いた。

修馬は境内に足を踏み入れた。鐘楼に向かってそろそろと歩く。夜の寺に一人というのは、なかなか恐ろしいものがある。またも蚊が襲いかかってきた。無視して修馬は鐘楼に向かって進んだ。

あと五間（約九メートル）ほどというところまで来たとき、背後になにかの気配を感じたかと思った次の瞬間、何者かが襲いかかってきた。修馬はあらがおうとしたが、なすすべもなく地面に押し倒された。馬乗りになられ、身動きがまったくできなくなった。

「殺すぞ、きさま」

押し殺した声が耳に入る。

「徳太郎……」

「このたわけが」

徳太郎が拳《こぶし》を振り上げた。修馬は目を閉じた。だが、いつまでたっても、痛みはやってこない。体から重みが失《う》せた。

徳太郎が立ち上がっている。手を伸ばしてきた。

「立て」

修馬は声が出ない。

「早くしろ」

修馬は徳太郎の手を握った。強い力で引き上げられ、修馬は一気に地面に立った。

境内を見回す。

「やつらは去ったのか」

「わからぬ」

「すまぬ」

修馬は頭を下げた。

「なにも謝ることはない。正直、来ていたかどうかはわからぬ。きさまのせいでなく、俺に気づいたのかもしれぬ」

「いや、おぬしが気づかれるような下手を打つものか。俺のせいだ」

「よいのだ。考えてみれば、一人でやつらを相手にしたところでどうなっていたか。今宵《こよい》は昨夜よりももっと大勢かもしれぬし」

「般若党はもっといるのか」

徳太郎が怪訝《けげん》そうな顔をする。

「般若党だと。きさまが勝手に名づけたのか。だが、名があると確かに便利かもしれぬ。――もっといるかどうかは知らぬ。般若党には昨夜初めてあったゆえな」

「そうか、昨夜が初めてだったか」

どうして般若党を追っているのか、という問いはのみ込んだ。どうせ徳太郎は答えない。修馬は代わりの言葉を口にした。

「今宵の穴埋めができる仕事を持ってきた。代はいいぞ」

徳太郎がぴくりとする。

「どんな仕事だ」

「やくざの出入りだ」

「俺にやくざの出入りに出ろというのか」

「おぬしが来れば、楽勝だ」

徳太郎がもじもじする。

「どうした」

「早く言え」

「なにを」

「察しろ」

「ああ、代か」

「もったいぶらずに教えろ」

修馬はすぐさま伝えた。

「五両だ」

出入りは圧勝に終わった。

徳太郎の活躍はすばらしかった。手加減はしていたが、敵する者はいなかった。

五郎助一家は新たな腕自慢を三人雇っていた。もし修馬が相手をしていたら、まず負けていたにちがいないというほどの腕を、三人とも誇っていた。五郎助は最良の人選をしたのである。出入りがはじまる前、五郎助は自信満々の様子だった。この前の出入りとは異なり、すぐに攻めてきたのがその自信のあらわれだった。

だが、その五郎助の自信はほとんど一瞬で木っ端微塵《みじん》に打ち砕かれた。三人の新たな用心棒は、ことごとく徳太郎に打ち負かされたのである。まさに鎧袖一触《がいしゅういっしょく》で、敵する者は一人もいなかった。というより、まともに刀を合わせることができた者すらいなかった。三人とも、ほとんど一撃で倒されたのである。

その徳太郎の戦いぶりは、戦国武者を思わせた。一人だけ鎧《よろい》を着込んだ武者がいて、敵を蹂躙《じゅうりん》したようなものだ。

徳太郎は真剣を手にしていたが、用心棒には軽い手傷を負わせただけで、殺すようなことはなかった。刀で斬《き》られると出血がとにかくひどく、そのおびただしい血を見ただけで、たいていの者は戦意を失ってしまうものだ。三人の用心棒も同じだった。

そして、近くにいた五郎助一家の者たちもそれを見ただけで腰が引けた。

人死にを出すこともなく、出入りはほんの四半刻もかからずに終わりを告げた。用心棒同士の戦いで決着がついたようなものだが、もともと出入りとはそういうものだ。腕のよい用心棒を雇った一家が勝つ。

智力と資力がないと、凄腕の用心棒は雇えない。相手を地力で上回った一家が勝つようにできているのだ。そういうことのできる一家こそが、新たな縄張を得るにふさわしいということになるのである。

場所は結局、この前と同じ原っぱだった。とにかく出入りの噂《うわさ》が流れなければ、町奉行所の者たちがやってくることはないと元造と五郎助は見なしたようだ。

その判断は正しかったようで、町奉行所の者は姿を見せなかった。すでに五郎助一家は草原から去っている。戦国の頃ならここですかさず追撃に移るのだろうが、江戸における今の戦いは、昔に比べたらだいぶ甘い。

「ありがとうございました」

元造は徳太郎の手を取らんばかりに喜んでいる。満面に笑みを浮かべている。

「謝礼でございます」

徳太郎に八両もの金が支払われた。

「五両ではないのか」

徳太郎が驚く。元造がにんまりする。

「あまりに朝比奈さまの働きがすばらしかったものですから」

徳太郎は戸惑いの顔をしている。

「どうした」

徳太郎が修馬に顔を向けてきた。

「この程度の仕事で、本当にこんなにもらってよいのか」

徳太郎はこの暑いのに、汗はほとんどかいていない。やくざの出入りなど、道場での一日の稽古にも及ばないのだろう。

「おぬしの働きに比したら、八両でも少ないくらいだ。遠慮なくもらっておけばよい」

「そうか。ならばいただいておくか」

八両の入った紙包みを、徳太郎が大事そうに懐にしまい入れる。

「これであと七両だ」

徳太郎のつぶやきが耳に届いた。修馬はすぐにたずねた。

「なにがあと七両だ」

「なんでもない」

徳太郎がぷいと横を向いた。こうなってはなにも聞き出せないのを、まだ短いつき合いでしかないが、修馬は知っている。徳太郎が大金を欲しているのだけはわかった。

「おい、きさまはいくらもらった」

徳太郎がきいてきた。

「おぬしよりずっと少ない」

「いくらなんだ」

修馬はぷいっと横を向いた。

「答える気はない」

「言え。さもないと叩《たた》っ斬るぞ」

それでも修馬は答えない。

二

その日の深更。

「行くぞ」

女の声が静かに響き、般若面の六人は人けのない道を走った。次々に町木戸が立ちはだかるが、六人はひらりと取りついてはあっさりと乗り越えてゆく。寝入っている木戸番が気づくようなことはない。起きている木戸番がいても、なにか通ったかと感じたときには、とうに闇の向こうに消えている。

やがて六人は足を止めた。

目の前に建つのは、一軒の両替商である。建物に掲げられた看板には、北野屋《きたのや》と出ている。

女が般若面を縦に動かす。

「ここだ」

六人は裏手に回った。忍び返しの設けられた塀がぐるりをめぐっている。裏口があり、そこは小さな門になっていた。

一人が体当たりをかました。木の葉のようにあっけなく門が飛んでいった。相当の音が立ったが、六人は意に介さず、母屋に上がった。こちらには雨戸が閉《た》てられている。

これにも先ほどと同じ男が体当たりを食らわせた。雨戸がかしぐ。二度目の体当たりで向こう側に倒れた。

その上を六人はだっと走り抜け、母屋に入り込んだ。

中は暗い。北野屋の奉公人たちが物音にびっくりして起きていたが、おろおろするだけで、なにもできない。

「そこに座っていろ」

女の命で、四人の奉公人は六畳間に入れられた。

すでに般若面の男たちが北野屋の家人たちも捕らえていた。主人に女房、主人の母親、四人の子供である。全部で七人を連れてきて、奉公人と同じ部屋に押し込めた。

「蔵の鍵《かぎ》をよこせ」

女が主人にいった。

「よこさねば、子供を殺す。脅しではないぞ。今すぐ殺《や》ってみせてもよい」

主人は鍵のありかを伝えた。

般若面の二人が、居間の箪笥《たんす》の引出しから二本の鍵を取ってきた。

その鍵を受け取った女はその場に見張りとして一人残して置き、五人で蔵に向かった。

大きな鍵で表扉にかかった錠をあけ、細い鍵で内扉を解錠した。五人は足を踏み入れた。

一文銭や銅の塊、鈴《りん》などの銅器がところ狭しとしまわれている。すべてこの両替商とその一派が貯《た》めておいたものだ。

女がそれを見て、笑いを漏らす。男たちも満足そうにうなずき合った。

般若面をつけた者たちは、これらを残すことなくすべて奪った。北野屋の裏手には水路があり、北野屋が所有している荷舟があった。それに載せたのだ。

家人や奉公人たちを手際よく縛り上げ、どこへともなく去っていった。

人死にも怪我人もいない。

北野屋の主人は縛《いまし》めを取って体が自由になってからも、この一件を町奉行所に届け出はしなかった。どうしてそれだけの銅を貯め込んでいたのか、役人に問いただされるのが怖かったのである。偽金造りであると、にらまれるのは紛れもなかった。

おそらく、と主人は思った。こちらが番所に届けないことを承知で、般若面をつけた者どもは押し込んできたにちがいない。

それにしても、とあるじは不思議だった。どうしてここに大量の銅が貯め込んであることを知っていたのか。

それは秘中の秘というべきもので、他者に知られるようなことではなかった。

それに、てきぱきと命を下していた首領らしい女が放っていた香り。陶然とするような芳香だったが、あれはいったいなんなのか。

主人は初めて嗅いだにおいだった。

三

与力に呼ばれた。

七十郎はすぐに与力詰所に向かった。

上司に当たるのは、今は近藤忠左衛門《こんどうちゆうざえもん》という五十過ぎの男である。

まだ朝が早く、大気は涼しい。ずっとこのくらいならどんなに過ごしやすかろうと思うが、そんなのは夢でしかない。蟬《せみ》もかしましく鳴いている。

七十郎は忠左衛門の部屋の前に立った。声をかける。

「七十郎、来たか。入れ」

七十郎は、失礼いたしますといって腰高障子を横に滑らせた。いかつい顔にのった細い目がこちらを見ている。七十郎は忠左衛門の前に正座し、一礼した。

「お呼びでございますか」

「うむ。おまえも忙しい身だ。さっそく用件に入ろう。滅多刺しにされていた男の件で、話がある」

「なにか進展がございましたか」

七十郎は期待を胸に宿してきいた。

「うむ、あった」

忠左衛門が重々しく顎を引く。

「あの者は侍かもしれぬ」

「まことでございますか。そうすると、路兵衛という男と同じかもしれませぬ」

「その通りだ」

忠左衛門が同意を示す。

「どうしてあの男が侍ではないかとわかったのでございますか」

それだが、と忠左衛門がいった。

「御奉行の知り合いの旗本だ。昨夜のこと、その旗本が仕事で御奉行の役宅に見えたとき、文机《ふづくえ》の上に置いてある人相書を見て、似た者を知っているとおっしゃったらしいのだ。御奉行はその旗本からすぐさま話をお聞きになりたかったのだが、旗本のほうで急ぎの用事があるということで、役宅をあわただしく去っていかれた。そのときに、担当の与力なり同心なりを明日、屋敷によこしてほしい、との言葉を残されたそうだ」

　忠左衛門が七十郎に目を当てる。

「すでに、その旗本から話を聞く了解は得ておるということだ。稲葉七十郎という定《じょう》廻《うまわ》り同心が訪ねる旨も伝えてある。七十郎、さっそく話を聞いてきてくれ」

「承知いたしました」

　七十郎は清吉を連れ、その旗本屋敷に出向いた。南町奉行所から、歩いて四半刻ほど離れた町にあった。確かに話は通じており、七十郎はすぐに招き入れられた。清吉は中に入らず、門の外で待つことになった。

　旗本は手塚経之助《てづかけいのすけ》といった。石高《こくだか》は千二百石というから、かなりのものだ。確か勘兵衛の久岡家が同じ石高ではなかったか。

　通された座敷で待っていると、経之助があらわれ、七十郎の正面に正座した。

「お待たせした」

　やわらかな声でいった。人柄も穏やかそうで、柔和な目をしている。口元に笑みがたたえられていて、人をほんわかと包み込むような雰囲気が感じられた。

「いえ、待ってなどおりませぬ」

　七十郎は朗とした声で名乗った。

「なかなか聡明《そうめい》そうなお方で、安堵した」

経之助がにこやかにいった。

七十郎はすぐに本題に入ることにした。滅多刺しに殺された男の人相書を取り出し、畳に置いた。

「この人相書の男によく似たお方をご存じとうかがいましたが」

「うむ」

経之助がうなずく。

「確かにその通りだ。ただし、人相書によく似ている者は、役目で二年前から大坂に行っているのだ」

「役目で大坂に」

「単身で赴任しており、息災にしているという文を家人はもらっておる。江戸に帰ってきたという話は聞かぬゆえ、わしは昨日、お奉行の役宅でこの人相書を見たとき不思議に思った」

大坂に単身で行った者が、どうして江戸で滅多刺しにされて殺されなければならないのか。不思議に思うのは、当然のことである。

「大坂に役目で行っているお方の名は、なんとおっしゃいます」

「新垣真之丞《にいがきしんのじょう》という。旗本二百六十石の三男坊だ。歳《とし》は確か二十五だな。遠国役与力ということで登用されたはずだ」

「遠国役与力ですか」

七十郎は、そんな役目があると聞いたことがある程度だ。

「どのような仕事でございますか」

「わしも詳しいことは知らぬ。西国二十六カ国の金銭に関することと聞いておる」

「どちらの管轄になりましょう」

「大坂町奉行所の配下ということになるそうだ。大坂の町奉行所は東と西に分かれているらしいが、そのどちらの管轄かは知らぬ」

大坂町奉行所にそのような役目があることを、七十郎は初めて知った。

「この人相書の件は、まだ新垣家の者には話しておらぬ」

「さようでございますか」

「下手なことはいえぬゆえ」

確かにその通りだ。

「遺骸《いがい》は茶毘《だび》に付したのか」

「いえ、さる自身番に塩漬けにして置いてあります」

「そうか。それならば、顔を確かめることができるな。この暑さだ、崩れていなければよいが、どうだろうか」

　経之助が唇を嚙《か》み締める。

「この話をそなたらのほうへ持っていったのは、このわしだ。最後までつき合い、始末をつけねばならぬ」

　経之助は新垣家の者に話を通してくれるつもりのようだ。七十郎は正直、助かった。煩瑣《はんさ》な手続きを踏まずに済む。

「一緒に来てくれ」

　経之助にいわれ、七十郎は清吉を連れて新垣屋敷に向かった。経之助には四人の供がついている。

　手塚屋敷と新垣屋敷は、五町（約五四五メートル）ほどしか離れていないそうだ。新垣家の今の当主が、以前、経之助の配下として働いていたことがあるという。経之助は具足奉行をしており、新垣家の当主は同心をつとめていたとのことだ。

「以前配下をされていたということは、今はちがうのですか」

「うむ。わしが奉行を退いたあと、なにかへまをやらかしたらしく、今は小普請組《こぶしん》よ」

「へまを……」

そんな話を聞くと、どうしても修馬のことを思い出してしまう。

「手塚さま、てんじ、という言葉に心当たりはありませぬか」

「なにかな、それは」

七十郎は説明した。

「てんじ、という血文字か」

歩きつつ経之助はしばらく考えていた。

「わからぬな。まったく心当たりはない。天神とかその手の類《たぐい》の言葉だろうか」

「そうかもしれませぬが、それがしどももまだ断定には至っておりませぬ」

さようか、といって経之助が前を見て歩き続ける。

「ここだ」

やがて経之助が一軒の武家屋敷の前で足を止めた。供の者が心得顔で長屋門に向かって訪いを入れる。

経之助が来たということで、新垣家の者は間を置かずに招き入れた。供の者たちはすべて外で待つことになった。

七十郎は座敷で新垣の当主である十郎太《じゅうろうた》と会った。やや貧相な顔をしており、いっては悪いが、確かにへまを犯しそうな雰囲気を持つ人だった。運にあまり恵まれていない感じがする。

経之助が、どうして足を運んだか、経緯を説明する。

「ええっ、せがれが江戸に帰っているかもしれぬと。しかも滅多刺しにされたかもしれぬと。どういうことでございましょう」

十郎太は驚愕《きょうがく》をあらわにきいてきた。なにをおかしなことをいっているのだろう、という思いも見て取れる。その気持ちはわからないでもない。

「遺骸はこの男だ」

経之助が人相書を見せる。十郎太が眉根《まゆね》を寄せた。

「確かに真之丞に似ておりますが、他人のそら似ではないでしょうか」

「とにかく確かめてくれぬか」

経之助が十郎太にいった。

「確かめるというと」

「滅多刺しにされた遺骸がさる自身番に置かれているのだ」

十郎太が七十郎を見やる。

「それで番所の方が見えているのですね」

「そういうことだ。新垣、行ってくれるか」

「はい、お供いたします」

気乗りはしないが、以前の奉行にいわれては断ることはできぬと判断したようだ。

十郎太だけでなく、念のために妻も一緒についてきた。供は一人である。

自身番には棺桶《かんおけ》が置かれていた。そこに遺骸が入れられ、たっぷりと塩が詰め込まれていた。それでも時季が時季だけに、ひどくにおっている。

棺桶は書役《かきやく》たちの手ですぐにあけられた。においがさらに強くなった。

十郎太たちが口や鼻に手ふきを当て、おそるおそるのぞきこむ。

「ああっ」

十郎太が大声を上げた。

「どうして」

信じられないという顔つきだ。妻は遺骸を見て泣き崩れた。

「真之丞どのか」

経之助が十郎太に問う。

「ま、まちがいありませぬ」

十郎太が呆然《ぼうぜん》としていう。

「右の眉が切れておりましょう。幼い頃の傷跡です」

七十郎は遺骸の顔を見た。いわれても、よくわからない。かすかに眉が薄くなっている程度だ。

「これが決め手になったか」

経之助も、これは親にしかわからぬだろうなという顔つきをしている。

「しかしどうして」

十郎太が涙を流しつついった。

「大坂にいるはずの真之丞が、江戸で滅多刺しにされねばならぬのでしょう」

妻はひたすら声を上げて泣いている。

少し落ち着いたところを見計らい、七十郎は十郎太にたずねた。

「真之丞どのは金銭に明るかったのですか。お役目は、西国二十六カ国の金銭に関することとうかがいましたが」

十郎太が力なくかぶりを振る。

「そんなことはござらぬ。金勘定はむしろ苦手にござった」

「それがどうして、遠国役与力という役目に登用されたのですか」

「それもわかりもうさぬ」

十郎太がうなだれる。

「わからぬことだらけでござるよ。手前味噌《てまえみそ》になりもうすが、真之丞はなかなか頭がよく、剣の腕はたいしたものでござった。ただし、そのことで登用されたということもなく、いきなり御留守居役の使者が屋敷に見え、真之丞をお役目につけるという話になりもうした。寝耳に水でびっくりいたしましたが、三男坊がお役目につけるということで、我らは大喜びいたしたものでござる」

十郎太たちには、真之丞が町人のなりで死んでいたことはまだ告げていない。勘兵衛もいっていたが、隠密、という言葉が七十郎の脳裏に浮かんだ。真之丞と路兵衛。この二人は隠密でまちがいないのではないか。

「新垣どの」

七十郎は呼びかけた。

「てんじ、という言葉に心当たりはありませぬか」

「てんじ、でござるか」

「さよう。平仮名で、てんじ、です」

「それはせがれの死と関係しているのでござるか」

真之丞が遺《のこ》した血文字であることを、七十郎は伝えた。

「せがれが遺した……」

無念そうにつぶやき、思い直したように十郎太が思案にふける。

「それがしにはわかりもうさぬ」

「さようですか」

「申し訳ない」

「いえ、謝るようなことでは」

「いや、今のはせがれに謝ったのでござる。せっかく必死の思いで遺した言葉なのに、父親の自分がわからぬのはあまりに済まなくて、つい口に出もうした」

「お気持ちはよくわかります」

七十郎も死者の遺した言葉の意味をくみ取れずにいる自分が腹立たしくてならない。

懐から路兵衛の人相書を取り出し、十郎太に見せる。

「この人は」

人相書を手に十郎太がきく。

「ご子息の前に殺されたお方です」

「せがれと同じ者に殺害されたということでござるか」

「それはまだわかりませぬ。しかし、十分に考えられます」

さようか、といって十郎太は人相書をじっくりと見た。やがて首を縦に振った。目に光が宿っている。

「見覚えがあるような気がします」

「まことですか」

「おそらく会ったことがあります」

「どこででしょう」

「今それを思い出そうとしているのですが、歳なもので……」

修馬は黙って待つことにした。下手に急《せ》かすより、そのほうがよい結果が出ることのほうが多い。

「思い出しました」

十郎太が卒然と声を上げた。

「せがれが通っていた道場でござる」

賀芽道場という変わった名の剣術道場とのことだ。

四

人の気配が近づいてきた。

修馬は起き上がり、戸口に目をやった。

「山内の旦那、いらっしゃいますかい」

「その声は元造か。入ってくれ」

戸があき、元造が土間に立った。頭を下げる。

「ここ最近、何度もお邪魔して申し訳なく思っていやす」

「そんなことはどうでもよい。さっさと上がれ」

「へえ、では、失礼いたしやす」

元造が修馬の前に正座した。

「早いな、どうした」

「早いということもないと思いますよ」

「そうか」

「ええ、もう五つ半（九時）を過ぎていますから」

「なんだ、まだそんなものか」

「寝ていらしたんですかい」

「そうだ。昨夜、ちょっと夜更かしした」

「夜更かしですかい。山内の旦那もまだまだお若いですな」

「ちょっと酒を飲んだ」

「お酒を。飲めるようになったんですかい」

修馬は元造をにらみつけた。

「俺はおまえに酒を飲まなくなったことをいっておらぬ。おまえ、俺が酒のことでどじを踏んで徒目付《かちめつけ》をくびになったことを知っているのだな」

「ええ、まあ」

修馬は元造を見つめた。

「おまえの耳には、俺がどういう形でくびになったように入っているのだ。聞かせてくれ」

元造が困ったような顔をしたが、決意の色をすぐにあらわにした。

「なんでも、大事な捕物があるというのに、お酒を飲んで酔っ払い、結局大事な捕物に間に合わなかったと聞いていやす」

「その通りだ。それで俺はくびになった。それでしばらく酒から離れていたが、昨晩、久しぶりに口にした」

「本当に飲まれたのですかい」

修馬はにっと笑った。

「さすが元造だ。お見通しだな。実は飲んでおらぬ」

「やっぱり。山内の旦那はひょうひょうとされていますけど、意外に尾を引くんですよね。そんなにたやすく気持ちを替えられる人じゃないですよ」

「俺はそういうふうに見えるのか」

「見えますよ。いつからのつき合いだと思っていらっしゃるんですかい」

「長いな。俺が部屋住《へやずみ》でまだ十代だったな。もう十二年ほどどか」

「ええ、そのくらいになりますねえ」

「元造にはそのあいだいろいろと世話になった。おまえのおかげで俺はなんとか生きてこられた」

「いえ、そんなことはありませんよ。あっしのほうこそ、山内の旦那のお骨折りで、いろいろと助けられました。ありがとうございました」

「よせよ、元造。くすぐったいぞ」

へい、といって元造が姿勢を正した。

「また出入りか」

修馬は先んじていった。

「今度はちがいます。あっしだって、出入り以外の用事でうかがうことがあるんですよ」

修馬は興味を引かれた。

「用心棒をお願いしたいのですよ」

「出入りとさして変わらぬではないか。もしや元造、出入りに一方的に勝ったために、五郎助に命を狙《ねら》われているのではないか」

「五郎助なんかに、もうそんな威勢はどこを探してもありゃしませんぜ」

元造が自信満々にいい放った。

「では、おぬしの用心棒ではないのか」

「ええ。両替商でさ」

「銭屋《ぜにや》か」

元造がかぶりを振る。

「脇両替ではなく、本両替でさ」

両替だけでなく、為替や手形を扱い、大名貸しも行う両替商である。

「どういうことだ」

修馬は水を向けた。

「大きな声ではいえないんですがね」

実際、元造が声を低めた。

「昨夜、とある両替商が押し込みに遭ったんですよ」

「まことか」

「ええ、貯め込んでいたおびただしい一文銭や銅の塊、銅器などを、底ざらいするように持っていかれたそうです」

「銅を貯め込んでいたのか」

「どうして大量に貯め込んでいたのか、それはきかないでおくんなさい」

「偽金造りだな」

修馬がずばりいうと、元造が苦笑した。

「申し訳ねえですけど、あっしには答えられないんですよ。それで山内の旦那に耳寄りな話があるんです」

「なんだ。ずいぶんともったいぶるな」

元造が顔を近づけてきた。

「その両替商に押し込んだ賊どもですけど、般若面をつけていたそうですよ」

「なんだと」

修馬の腰が浮いた。

「般若面の者どもが銅を持っていったというのか」

「さいです」

考えてみれば、おびただしい一文銭が奪われたと聞いて般若党のことに思いがいかなかったのは、頭の働きが鈍すぎたといえよう。

「おまえに般若党のことは話したか。覚えがないんだが」

「この前、出入りの前に話していただきましたよ。本当に覚えがないんですかい」

「ああ、ないな。俺は耄碌《もうろく》がはじまっているのかな」

「その様子ではそうかもしれませんねえ。なにかよいお薬を探しましょうか」

「耄碌に効く薬なんてあるのか」

「探せばあるんじゃないんですかねえ」

「ならば、探してくれ」

承知いたしやした、と元造がいった。

「それで、山内の旦那とあのお強い朝比奈さまに用心棒をお願いしたいのです」

「両替商の側は、また般若党が襲ってくると考えているのか」

「いえ、襲われた店はすっからかんになりましたから、また襲う意味はありません。もう一軒別の場所に、用心のために銅を貯め込んでいる両替商があるんですよ」

修馬は合点した。

「用心か。こんなこともあるのではないかと、銅を二つに分けていたのだな」

両替商は高戸屋《たかとや》といった。

修馬は掃除の行き届いた座敷で、あるじの寿兵衛《じゆへえ》と会った。

元造は同席していない。修馬と寿兵衛を紹介すると、さっさと家に戻っていった。乾坤一擲《けんこんいってき》の出入りに勝利し、新たな縄張に関《かか》わることなどで大忙しのようだ。

「大量の銅は偽金造りのために集めていたのだな」

問いただすというわけではなく、修馬は確かめるという気持ちだった。

「ええ、さようです」

元造から修馬のことはよく聞かされている様子で、寿兵衛はあっさりと認めた。

「偽金造りは、なにしろ儲かるものですから。山内さまはもうご存じでしょうけど、実際のところ天保通宝はいろいろなお大名が手を出しはじめています。こちらも遅れてはならじと思ったのでございますよ」

「濡《ぬ》れ手に粟《あわ》といっていいくらい儲かるらしいな」

「はい、まったくでございます。いつも動きの鈍いお大名がやっているというのに、銭を商売にしている者たちが指をくわえて見ているだけというのは馬鹿らしいということになりました。両替商がいくつも集まって、偽金造りをはじめることにしたのでございます」

「なるほど、そういうことか。大名ですらやっているのに、こちらがやって悪いはずがないという考えだな」

「はあ、まあ、そういうことでございます。なにしろ、寛永通宝六枚が天保通宝一枚に大化けいたしますからねえ」

「偽金造りに備えるために、銅を貯め込んでいた。どうしてすぐ造りはじめなかった」

「もう造り出してはいたんですよ。まだ型を作っている段階でして」

なるほど、と修馬は相槌《あいづち》を打った。

「まずは型を作らぬと話にならぬな」

「それも、秘密を守れる口の堅い者を見つけなければなりませんでした。型を作っているあいだに、せっせと銅を集めていたら、もう一軒があんなことになってしまって」

悔しそうにいって寿兵衛が真剣な顔になる。

「残りの銅のことをもし聞きつけたら、やつらはきっとまた襲ってくるにちがいありません。どこに隠したところで、嗅ぎつけられるに決まっています。ですので、信用できる用心棒を元造親分に紹介していただいた次第です。なんでも山内さまともう一人のお方ということですが」

「うむ、もう一人は凄腕だ。人柄もよい。信用してもらってよい」

修馬は寿兵衛を見つめた。

「賊どもに、貯め込んだ銅を黙って差し出す気はないのだな」

「ありません」

寿兵衛がきっぱりと答えた。

「もう偽金造りは中止ですが、黙ってくれてやるなど、腹が煮えてなりません」

「こたびの話は俺にとってもありがたい」

「どうしてでございますか」

「般若党と俺が呼んでいる者たちの正体を見極められるかもしれぬからだ。それで貯め込んだ銅はここにあるのか」

「いえ、別のところに移しました」

「それは思い切ったな」

「いつ襲われるかわからず、とにかく早いに越したことはないと思いましたので」

「だが、もう偽金造りをする気が失せたのなら、売り払ってしまえばよかろう」

「そのつもりでおります。どこか偽金造りに精を出しているお大名に相場で売ることにしますが、それだって段取りが必要でございます。右から左にすぐに売れるというわけではありません」

「まあ、そうだろうな。銅は売り先が見つかるまで、とりあえずその場に一時置いておくだけか。場所は」

「それはまだいえません。お察しください」

「うむ、わかった」

修馬は身を乗り出した。

「ところで、報酬はいくらだ」

「弾みましょう。一日一分でいかがでございますか」

四日で一両なら悪くはない。だが、満足できぬ、と修馬は思った。

「もっと弾め。一日二分なら、引き受けよう」

「山内さまもけっこう足元を見られますな」

「両替商が儲かることはよく知っているぞ」

「さようでございますか」

寿兵衛は苦い顔をしたが、結局はうなずいてみせた。

修馬は胸中でにんまりとした。

「それから、支度金として十両もらおうか」

「えっ、支度金」

「般若党が相手では、今の刀では駄目だ。業物を新調せねばならぬ」

「十両でございますか。お二人に十両ずつですか」

「そうしてほしいのはやまやまだが、そこまで強欲なことはいわぬ。二人で十両でよい」

「そのくらいでしたら」

寿兵衛はあっさりと受けた。

「よし、今からもう一人に話を通してくる」

修馬は寿兵衛に断って高戸屋をあとにし、賀芽道場を訪ねた。

今日、徳太郎は出てきていた。いつも通りに門人たちに稽古をつけている。

修馬は昼の休みのときに会って、納戸の中で用心棒の話をした。

「偽金造りをしている者の用心棒か」

徳太郎はあまり気乗りしない様子だ。

「二日で一両の仕事だぞ。こんな好待遇の仕事はなかなかないと思うが、そうか、引き受ける気はないか」

「誰が引き受けぬといった。ただ気が進まぬだけだ」

「それにな、まだある。徳太郎、十両もの支度金をくれるのだぞ」

修馬はにやりとした。

「十両だと」

「おぬし、前にあと七両とかいっていたではないか。お釣りが出るぞ」

「確かにな」

「それにまだあるぞ。なんといっても相手は般若党だ」

徳太郎が端整な顔をさっと上げた。目をむいている。

「馬鹿、それを早く言え」

「では受けるのだな」

「当たり前だ」

「依頼主のところに仕事中は住み込まねばならぬが、道場はそのあいだどうする」

徳太郎が考え込む。

「他の高弟に見てもらうしかないだろう。用心棒の仕事は今日からか」

「そうだ」

「金のために道場をほっぽり出すような気がしてうしろめたいが、相手は般若党だからな、事情がちとちがう。——ちょっと待っていてくれ。道場主に相談してくる」

徳太郎が出ていった。

汗くさい納戸で、修馬はしばらく待った。ちょっと出て息を入れ直すかと思ったとき、徳太郎が戻ってきた。

「待たせた」

「いや。それでどうだった」

「道場主には快諾していただけた」

「それはよかった」

「ただし、あまり長くなるのは困るといわれた。あまり長引くと、新たな師範代を捜さなければならなくなるとのことだ」

「それならば心配ない」

修馬は断言した。

「やつらはすぐに襲ってくる」

「どうしてそう思う」

修馬はにこりとした。

「なに、ただの勘よ」

修馬が帰ろうとしたとき、道場が急に騒がしくなった。戸口を見ると、驚いたことに勘兵衛が配下を連れて姿を見せたところだった。

「あれ、あいつどうしてこんなところに」

勘兵衛の目が修馬に向いた。一瞬、見直すような顔をした。

「修馬ではないか」

足早に近づいてきた。

「修馬、どうしてここにいる」

「それはこちらがききたいことでござる」

勘兵衛が修馬を隅に連れていった。

「実は滅多刺しにされて殺された男の身元が判明したのだ」

「誰でござった」

「旗本二百六十石の三男坊で、名は新垣真之丞という。歳は二十五」

「その真之丞という者は、この道場の門人だったのでござるな」

「そうだ。修馬、それだけではないぞ」

修馬は耳を傾けた。

「般若の言葉をおぬしに伝えた路兵衛もこの道場の門人だったらしい。まだ身元は判明しておらぬ。ゆえに道場の者に話を聞きに来たのだ」

修馬も一緒に道場主の話を聞くことを、勘兵衛は許してくれた。座敷の隅に修馬は正座した。横に徳太郎も座った。

道場主の話によると、新垣真之丞は確かにこの道場の門人だった。二年ばかり前まででいて、お役目につくことになって道場をやめたとのことだ。

「この男も門人ではないかと思えるのだが」

勘兵衛が路兵衛の人相書を道場主に見せた。

「ああ、西村久米蔵《にしむらくめぞう》ですな。久米蔵もこの道場の門人でござったよ」

道場主が話を続ける。

「真之丞が職についたあと、久米蔵もその三月のちに道場をやめましたな。同じように役目につくことになったとのことでござった」

「西村久米蔵の歳は」

「今年二十六でござろう」

「西村久米蔵はどういう職についたのですか」

「確か遠国役与力だったような気がいたす」

「真之丞と同じか」

勘兵衛が言葉を漏らす。これは、修馬に聞かせるためにいってくれたのだ。厚情が身にしみる。

「新垣真之丞と西村久米蔵の両人ですが、腕は立ちましたか」

勘兵衛が新たな問いを発した。

「かなりのものでござった。そこにいる今のうちの師範代ほどではないが、なかなかたいしたものでござったよ」

勘兵衛が徳太郎に目を当てた。

「師範代、二人のことはご存じですか」

徳太郎がかぶりを振った。

「面識はござらぬ。それがしが師範代に雇われる前に、お二人ともやめていらしたゆえ」

「さようか」

勘兵衛が一礼して立ち上がった。これから久米蔵の家人に話を聞きに行くとのことだ。勘兵衛と配下たちが出ていった。

修馬は少し後ろめたかった。勘兵衛は配慮を見せてくれたのに、こちらはこれから警護に就く両替商のことも、般若党のことも教えなかった。

仕方あるまい、と修馬は自分を納得させた。金を稼がなければならぬのだ。生きてゆくためにはこうするしかない。

五

それにしても、と修馬は思った。まさか路兵衛がこの道場の門人だったとは、思いもよらなかった。

修馬は納戸の壁を見た。漆喰《しっくい》がはがれかけている。向かいに座る徳太郎に目をやった。

「この道場は隠密の巣か。まさかおぬしもそうではなかろうな」

「俺が隠密のわけがない。浪人だが、侍が侍の格好をしているではないか」

修馬は路兵衛の顔を思い浮かべた。本名は久米蔵という男。死ぬ前から、どこか表情をなくしたような顔をしていた。息絶えたときも、どこか悟ったような顔をしていた。無念ではなかったのか。いや、二十六の若さで死ぬことが無念でないわけがない。

「確かに徳太郎のように、すぐさま怒りをあらわにし、斬るとすごむような男が隠密のはずがないな」

「うるさいぞ、きさま」

修馬はふと気づいた。

「おぬし、般若党の者たちを斬る仕事を、ここで得たのではなかろうな」

「ちがう」

徳太郎がすぐに否定した。嘘をいっている顔ではない。だが、ひどくむずかしい顔で考え込みはじめた。

「金で依頼されたのか」

「うるさい」

いま徳太郎は、依頼してきた者のことを必死に思い出しているようだ。

「少なくとも、この道場において、おぬしの腕を知ったのだろうな」

朝比奈徳太郎の腕がすばらしいと、誰か仲介した門人がいるのではないか。修馬はそんな気がした。

「俺はこれまで何度も何度も仕官の道を探した。すべて駄目だった。披露するようにいわれるたびに剣術の腕は披露してきた。そちらのほうかもしれぬ」

修馬は徳太郎を見やった。

「何度も仕官を試みたのか」

「ああ。だが、今の世は剣の腕だけでは仕官できぬ」

「だが、ここの門人から隠密は選ばれている。おぬしもここで見込まれたと考えるほうが自然だぞ」

「確かにな」

修馬は、大勢の門人の中から仲介した者を特定できるか、考えた。まず無理だろう。侍の可能性が高いが、この道場には町人も多い。そちらが仲立ちしたことも十分に考えられる。百人近くいるのを、すべて洗ってゆくのは無理である。

「おい、きさま。腕を見てやる」

いきなり徳太郎がいい出した。

「用心棒の相棒として、本当に信頼できるかどうか、確かめたい」

修馬は面食らったが、よかろう、といった。徳太郎がどういう気持ちでこんなことをいったのか、知りたい気分のほうが強い。

「いい度胸だ」

修馬は道場で竹刀を手に立ち合った。

修馬は息をのんだ。目の前にとんでもなく高い絶壁がそそり立っている感じで、手も足も出ないのではないか、と思った。

だが、ここで引き下がるわけにはいかない。

行くぞ。一泡吹かしてやる。

それでもなかなか足は前に出ない。突っ込んだ途端、面を打たれるのが目に見えている。

かまうものか。かいくぐってやる。俺だって修羅場は何度も経験しているのだ。

どうりゃあ。自らに気合をかけた修馬は丹田に力を込め、思い切り床を蹴《け》った。

徳太郎の胴を狙った。よけられたが、徳太郎は面を打ってこなかった。

振りはじめたら竹刀はずいぶんと軽く感じられ、徳太郎の動きもよく見えた。

いけるぞ。修馬はさらに竹刀を振った。わくわくした。こんな感じは久しぶりだ。

いつ以来なのか、わからない。

修馬はひたすら竹刀を振り続けた。ことごとくはねのけられたが、楽しくてならなかった。体がふらふらになってきたが、修馬は竹刀を振り続けた。

なおも振り続けているうちに、明瞭に徳太郎の動きが見えてきた。

おっ。いま面に隙《すき》があった。滅多にない機会を逸した。しくじった。

いや、またきっと隙ができよう。そのときに打てばよいのだ。

そう考えた次の瞬間、またも面に隙ができた。誘われているのかもしれぬ、と思ったが、かまわず修馬は飛び込み、えいっ、と竹刀を上段から振り下ろした。

だがその直後、どうしてか修馬の目には天井が見えていた。

腹に鈍い痛みがある。胴を打たれ、ふっ飛ばされたのだと覚った。床にほとんど大の字になっていた。

大きく息をついて、修馬はごろりと起き上がった。

「大丈夫か」

徳太郎が片膝《かたひざ》をついて見つめている。修馬は笑みを見せた。

「ああ、なんともない。おぬし、やっぱり強いな」

「師範代だからな」

面を取った徳太郎がまじめな顔をしている。

「おぬし、楽しかったか」

唐突にきいてきた。

「ああ、実に楽しかった。幼い頃のことを思い出した。それにしても徳太郎、俺が楽しかったのがよくわかるな」

「わかるさ。俺は、おぬしが楽しんでくれればよいと思いながら、竹刀を振っていた。俺の気持ちがおぬしに通じたということだ。よかった」

徳太郎がにこりとする。

ああ、初めて笑顔を見せてくれたな、と修馬はうれしかった。

「修馬、立て」

名を呼び、徳太郎が手を伸ばしてきた。修馬はがっちりとつかんだ。

夕方の稽古が終わり、道場の井戸で水浴びをした。

長屋に戻るという徳太郎に、修馬はついていった。

だしのにおいが、相変わらず旅韻庵の前に漂っていた。

「帰ったぞ」

徳太郎が障子戸をあけた。

「修馬、入れ」

「あら、山内さまもご一緒なのですね」

「そうだ。飯を食わせてやってくれ」

「えっ、よいのか」

徳太郎が笑う。

「そのつもりで来たのではないのか」

「半分くらいは期待があった」

「やはりな」

美奈が手際よく三つの膳を用意した。

「たいしたものがなくて、すみません」

「そんなことはない。大ご馳走だ」

炊き立てのご飯に、おかずは目刺しが二匹。あとはたくあん、梅干し、わかめの吸い物というものだ。

「夏は、夕食に炊《た》き立てが食べられるからよいな」

修馬は徳太郎にいった。

「まあ、そうだな。朝炊いていたのでは、よほど涼しいところに置いておかぬと、飯が駄目になってしまうからな」

たいていの家で、夏のあいだは夜炊いて、朝餉に冷や飯を食べるというのが、当たり前になっている。

食べ終わり、美奈がいれてくれた茶を喫した。食後に茶を飲むと、実にうまいし、心が落ち着くのは、いったいなぜなのか。

美奈もおいしそうに飲んでいる。

「美奈、話がある」

徳太郎が湯飲みを茶托に戻していった。美奈が兄に顔を向ける。

「しばらく用心棒の仕事に出ることになった」

「用心棒。危ない仕事じゃないの」

「危ういが、金になるのだ」

徳太郎が力んでいった。

「この仕事を無事に終えれば、美奈のほしがっている医術書も買ってやることができる」

美奈が目をみはる。

「兄上、ご存じでしたの」

徳太郎が苦笑する。

「当たり前だ。一緒に暮らしているのだ、わからぬほうがどうかしている」

「だって兄上のことは、なにもわからぬ朴念仁だと思っていたので……」

「朴念仁だが、なにもわからぬということはないぞ」

「医術書というのは、あの赤坂新町二丁目の筒井屋で売っているのか」

修馬は美奈にきいた。

「はい。南蛮《なんばん》渡りのもので、十五両もするのです」

「十五両」

修馬は絶句した。書物が十五両もするとは、にわかには信じがたい。

「その書物は阿蘭陀《オランダ》語で書かれていまして、まだ翻訳されたものは出ていないのです」

「それを美奈どのは翻訳するのか」

「はい、そのつもりです」

「阿蘭陀語はできるのか」

「辞書があるから、なんとかなると思います」

「それも高かったのか」

「いえ、今は亡き父が持っていました」

「お父上は医者だったのか」

「いえ、借金のかたにもらったといっていました」

「借金のかたに阿蘭陀語の辞書か。医術書がほしいということは、美奈どのは医者を目指しているのか」

「はい、志しています」

「妹は阿蘭陀語にも独学で励んでいる。たいしたものだと俺も思う」

修馬は驚きの一語である。こんなにかわいい顔をして、実に立派なことを考えている。自分はふらふらし続けているが、美奈を見習って身の振り方を考え直さなければならぬのではないか。

「その医術書はまだ売れておらぬか」

「私もそれが心配で心配で、いつも見に行っています」

「では、やくざ者に絡まれたときも、見に行っていたのか」

「さようです」

徳太郎の目がきらりと光った。

「美奈、やくざ者に絡まれたのか」

あら、と美奈が明るくいった。

「兄上に話さなかったかしら。山内さまにはそのときに助けていただいたのよ」

徳太郎が首をひねる。

「聞いたかもしれぬ」

その後、修馬と徳太郎は連れ立って両替商の高戸屋に出かけた。

あるじの寿兵衛は二人が来るのを首を長くして待っていた。

「まずはこれを」

十両の入っている袱紗《ふくさ》を差し出してきた。

「おう、かたじけない。徳太郎、約束の金だ」

修馬はそのまま徳太郎に渡した。

「ありがたい」

「なくすなよ」

徳太郎がにこりとする。

「任しておけ。これまで金は一文たりともなくしたことがない」

「では、まいりますか。こちらにどうぞ」

立ち上がった寿兵衛が、修馬と徳太郎を裏手に連れてゆく。

水路が流れ、小さな桟橋が設けられていた。舟が一艘《そう》、舫《もや》われている。船頭が棹《さお》を握り、艫《とも》で待っていた。修馬と徳太郎は乗り込んだ。最後に寿兵衛が乗り、やっとくれ、と船頭にいった。

舟が動き出した。船頭は途中で棹を置き、櫂《かい》で舟は進みはじめた。川風が涼しく、とても気持ちよい。昼間の炎天下が嘘のようだ。

舟にはだいぶ乗った。途中、大川も渡った。

やってきたのは、向島《むこうじま》である。

「目指しているのはおぬしの別邸か」

「さようです」

小川に入った舟は、流れが二つに分かれているところを何度か曲がった。

最後に舟が着いたのは、宏壮な屋敷がのしかかるようにしている船着場だった。

修馬たちは舟を降りた。すでに徳太郎はあたりに目を配って警戒をはじめている。

屋敷の近くにはほかの建物はなく、人けはまったくない。

だが、屋敷が広すぎて、正直守りにくい、と修馬は感じた。同じ思いをどうやら徳太郎も抱いているようだ。

敷地は、一千坪は優にあるだろう。平屋の母屋も二百坪以上の建坪を誇っているようだ。

これでは、銅の近くに陣取っているしかない。敵がやってきたら、そこで撃退するしかないだろう。

もっとも、ほかに五人の用心棒がすでに雇われていた。

「山内さま、給金のことは他の人たちにはいわないでください。なにしろ特別に山内さまたちには弾みましたから」

寿兵衛が小さな声で、しっかりと釘《くぎ》を刺してきた。

給金が修馬たちよりも安い分、五人ともあまり強そうな者はいなかった。それでも、銅の集められている真ん中の部屋を離れてはならないということは、五人とも解している様子だ。

このあたりは伊達《だて》に用心棒として、生きてきていない。蚊遣《かや》りが盛大に焚《た》かれ、部屋のなかをいぶしていた。もうもうと煙り、人もきついくらいだ。だが、これだけの煙なら、蚊が入ってくることはまずないだろう。

五人は修馬と徳太郎を新入りと見て、薄笑いを浮かべた。腕はたいしたことはないと踏んだようだ。俺はともかく、と修馬は思った。徳太郎の実力がわからぬなど、それだけでこの者たちの腕前が知れるというものである。

「先に寝かしてもらってよいか」

徳太郎が五人の用心棒に申し出た。

「俺たちよりも先に寝るのか」

「ああ、かまわぬぞ」

「ありがたい」

徳太郎がさっさと襖《ふすま》の際で横になった。

「修馬も寝ておけ」

修馬はその言葉に素直にしたがった。

尿意を催し、修馬は起きた。どのくらい寝たのか。せいぜい半刻（一時間）程度だろう。

徳太郎はすでに起きており、刀を抱いて柱にもたれていた。相変わらず蚊遣りの煙が濃く漂い、部屋の中は霧がかかったように煙っていた。

「厠に行ってくる」

「できるだけ早く戻れ」

徳太郎が低い声で告げる。修馬はぎくりとした。

「もしや来ているのか」

「うむ、肌がちりちりする。近くまで来ているのはまちがいない」

「すぐに済ませてくる」

修馬は庭の厠に入った。どきどきして、小便の出が悪い。いま襲われたら、とはらした。やっとの思いで厠の外に出て、鉢巻と襷《たすき》がけをし、股立《ももだち》を取った。これでよし。刀の目釘をあらためたいところだったが、その時間はなさそうだ。

修馬は追われるようにして、部屋に戻った。

「帰ってきたか」

用心棒の一人がせせら笑う。

「怖《お》じ気《け》づいて、もう帰ってこぬと思うたぞ」

「怖じ気づいても、逃げるような真似はせぬ」

「それはありがたい。真剣での戦いになると、あっという間に消える輩《やから》が多いからな」

「しっ」

徳太郎が唇に人さし指を当てた。

「来たぞ」

「まことか」

「こんな早い刻限にくるものか」

まだ四つにもなっていないのは確かだ。

「来たさ」

徳太郎が立ち上がった。

「死にたくなければ、支度をすることだ」

五人の用心棒が顔を見合わせ、身支度をととのえはじめた。さすがに手際はよく、あっという間に五人は修馬と同じ格好になった。徳太郎も最後に鉢巻を頭に締めた。

刀の鯉口《こいぐち》を切って、低い姿勢を取った。

それからしばらくなにも起きなかった。

「来ておらぬのではないか」

一人が声を発した。

それを合図にしたかのように、四方の襖や腰高障子が蹴破られた。

般若面を着けた者たちが殺到してきた。やはり今夜来やがったか、と修馬は思った。

勘がものの見事に当たったが、あまりうれしくない。

「うおっ」

五人の用心棒は立ちすくみ、目をみはっている。刀を抜くことも忘れている。寿兵衛から事前に、般若の面をした者たちが襲ってくるとは聞いているはずだが、やはり目の当たりにするとちがうようだ。確かに不気味で、怖さが増す。

「馬鹿、やられるぞ。抜刀しろ」

修馬は叫んだ。目の前に般若面の男が飛び込んできた。斜めに刀を振り下ろしてくる。斬撃《ざんげき》は強烈で、修馬を容赦なく殺そうとしていた。

修馬は弾《はじ》き返した。こんなところで死んでたまるか。

たたらを踏んだ敵を修馬は追い詰め、胴に刀を振っていった。それは別の者に受けられた。左から刀を浴びせようとする者がおり、修馬はさっと後ろに下がって、かわした。そのつもりだったが、敵の一撃は意外に伸び、修馬の鼻先をかすめていった。

般若面の男は十人以上いた。こちらが用心していることを予期し、人数を増やしたということか。

あの女の遣い手ももちろんいた。今は徳太郎と戦っている。

徳太郎の戦いぶりは鬼神を思わせるほどすさまじい。女に次々と斬撃を浴びせてゆく。女はなんとか払いのけるのが精一杯だ。まさか徳太郎がここにいるとは思っていなかったのか、虚を衝《つ》かれたように見える。

女を助けようとして駆け寄ってくる般若面の者に、徳太郎は速くて鋭い一撃を与え、戦闘力を確実に奪っていっている。もうすでに四人の者が血を流して畳に転がっている。

修馬も木刀を手に激しく戦った。次から次へと襲いかかってくる敵を倒せはしなかったが、なんとか押し返せている。一歩も銅には近づけていない。

ぎゃあ、と悲鳴が上がった。仲間の用心棒の一人が血を噴き上げて、畳に勢いよく倒れ込んだのが見えた。また一人が肩を斬られ、どうと倒れ込んだ。

それを見て怖じ気をふるい、一人、二人と逃げ出す者が出はじめた。

修馬にえらそうにいった者も、逃げようとした。だが、逃げ切れず、背中からばっさりと斬られた。ああ、と力ない声を発したのが最期だった。畳の上にうつぶせに倒れ、それきりぴくりとも動かなくなった。

俺は逃げぬぞ。逃げたらこの先、生きてゆけぬ。

おのれに命じ、修馬は力の限り刀を振るった。一人の肩先を傷つけ、さらにもう一人の太ももに傷を与えた。三人目は、胴をかすった。着物がすぱっと切れ、血がわずかに出た。

般若党は徳太郎と修馬にやられ、戦力を半分以下に減らしていた。しかも徳太郎は、相変わらず遣い手の女を追いまくっている。このままいけば、女を捕らえることができるのではないか。そう期待させる戦いぶりである。

「引くぞ」

女が男のような野太い声を出した。このままではやられてしまうのを覚ったようだ。

「逃がすか」

徳太郎が怒号を発した。

般若党の無傷の三人が女の盾となった。女は他の男に守られて、駆けるように後ろに下がってゆく。

「待てっ」

徳太郎が怒鳴るが、女は足を止めない。

代わりに修馬が追おうとしたが、それは徳太郎に制止された。

「修馬、やめておけ」

「どうしてだ」

修馬は興奮している。

「自分のなりを見ろ」

修馬は見た。着物はあちこちが破れ、血まみれになっている。傷がいくつもできていた。

「これは俺の血か」

「そうだ」

徳太郎が冷静にうなずく。その隙に般若党の連中は引き上げていった。怪我をして動けない者は、担ぎ上げていった。

修馬は足を動かそうとして、ふらついた。息がひどく荒い。鞴《ふいご》のような息づかいが自分のものとは信じがたい。

徳太郎の呼吸はほとんど変わっていない。それでも、ふう、と大きく息をついた。

「三人殺られたな」

修馬は顎を上下させた。

「ああ、二人は逃げた」

修馬は、畳の上に横たわる三つの死骸に目を当てた。この者たちのためにも、次に会ったときは、必ずやつらをあの世に送らなければならぬ。

銅をおとりに般若面の者どもを捕らえようとする気持ちが心のなかにあった。それは傲慢《ごうまん》な考えでしかなかった。

「次は殺す」

徳太郎が決意をあらわにいった。瞳は死んだ三人の仲間を見つめている。

「もう手加減はせぬ」

たかが偽金造りのために、人が次々に死んでゆく。これまでいったい何人がこの世を去ったのか。

修馬はやるせない気持ちで一杯だ。

大金があるから、幸せになれるわけではない。金があれば、確かに幸せになれる者もいるだろう。だが、大金があるから逆に不幸になる者も多い。

金など、人を殺してまで欲するものではないのだ。

第四章

一

死んだ用心棒は荼毘《だび》に付した。

遺骨は遺族が引き取った。

高戸屋が過分ともいえる金を支払った。悲しみに沈んだ遺族たちは、ありがたく受け取った。

逃げた二人の用心棒の所在は知れない。命あっての物種とはいうが、あの二人は二度と用心棒として生きてはいけない。他の職を探すしかない。

「番所に届けるのか」

修馬は寿兵衛にきいた。寿兵衛は後始末のために、店に帰らず、まだこの別邸にとどまっている。

「その気はありません」

「おびただしい銅が集められているからか」

「それもあります。ここで届け出ずとも、般若党の者どもは、すでに御番所や御徒目《おかちめ》付《つけ》が探索していると聞きました。ですので、届け出る必要はないものと存じます」

「それに、俺と徳太郎とで必ずやつらを捕らえるからな」

「はい、期待しております」

寿兵衛が深く頭を下げる。

それにしても、と修馬は腕組みして考えた。最初に襲われた両替商といい、昨夜襲われた高戸屋の別邸といい、銅が蓄えられた場所がなぜ露見するのか。

両替商たちは秘密にしていたはずだ。わざわざ向島まで銅を運んだというのに、般若党はあっさりと見つけ、奪いに来た。

「ちとよいか」

修馬は寿兵衛に再び声をかけた。

「はい、なんでしょう」

「前におぬし、偽金造りは両替商たちの総意だといったな」

「はい、覚えております。お大名ばかりにやらせるのはあまりにもったいないということで、手前どもははじめようとしておりました」

「総意といっても、誰かの発案があったのだな。ちがうか」

「はい、そうだと思います」

「発起人のような者がいたに決まっておろう。高戸屋、誰が偽金造りを発案したか、覚えているか」

寿兵衛が考えに沈む。

「あれは確か、庵原屋《いはらや》さんではなかったかと」

「庵原屋というのは、何者だ」

「手前どもと同じ本両替を営んでおります。主人は平右衛門《へいえもん》さんとおっしゃいます」

「その平右衛門が発案し、それに仲間の両替商全員が賛成したのか」

「いえ、そういうわけではありません。ただし、前にも申し上げた通り、あまりにたやすく儲《もう》けられるのがわかったものですから。よくできた偽金を造れば公儀にも露見するはずがないのです。今でも偽の天保通宝はいくらでも流通しているのに、公儀はなにもしようとしていないのですから」

寿兵衛が修馬と徳太郎を見つめる。

「まさか平右衛門さんが、蓄えられた銅がどの店にあるのか、あの者たちに知らせたとおっしゃるのでございますか」

「十分に考えられよう」

修馬は断じた。

「おぬしたちに偽金造りをそそのかし、大量の銅を集めさせる。そしてそれをあっさりと奪う。偽金の材料となる銅を手に入れるのに、これ以上たやすい手立てを俺は知らぬぞ」

「うーむ」

寿兵衛がうめく。

「最初に襲われた店と、おぬしの店が銅の集め場所になっていることは、当然、平右衛門は知っていたな」

「はい。しかし、手前が銅をこの別邸に移したことは知らせていません」

「おぬしが別邸を持っていることを、平右衛門は知っているのか」

うっ、と寿兵衛が詰まる。

「以前、酒宴をひらいたとき、ここに招いたことがあります」

「もはやまちがいようがなかろう」

修馬は、平右衛門という男が般若党の内通者であると決めつけた。徳太郎も同じ思いのようだ。寿兵衛はまだ信じられないのか、ただ呆然《ぼうぜん》としている。

「高戸屋、しっかりしろ」

修馬は声を励ました。

「は、はい。申し訳ありません。あまりのことに頭が真っ白に……」

「うむ、無理もなかろう」

「しかしどうして庵原屋さんが……」

「それは、調べればすぐに明らかになろう」

気を取り直したように寿兵衛がきいてきた。

「それで山内さま、どうされます。庵原屋さんにお会いになり、いきなり問い詰められるのでございますか」

修馬は静かにかぶりを振った。

「そんな真似《まね》をする気はない。ただ、店の張り込みをしようと思っている。まずは庵原屋の動きをつかみたい。庵原屋を問い詰めても、おそらく般若党の居場所は知るまい。そんな気がする」

修馬は徳太郎に目を転じた。

「おぬしはここにいてくれ。銅のお守りだ。万が一にすぎぬだろうが、やつらがまたここを襲うかもしれぬ。頼んだぞ」

徳太郎が眉《まゆ》をひそめる。

「仕方あるまい。俺も外に行きたいが、張り込みは修馬に任せよう」

修馬は寿兵衛に庵原屋の場所を聞き、さっそく向かった。

市谷《いちがや》とのことである。住みかにけっこう近いから、もしや一度くらいは両替に使ったことのある店かもしれぬ、と思ったが、考えてみれば、庵原屋は本両替だ。銭屋《ぜにや》と呼ばれる脇両替ではない。

寿兵衛にもいったが、修馬としてはまず庵原屋の動きをつかむつもりでいる。そうすれば、いずれ般若党につながる手がかりを得られるのではないか。そんな期待がある。

市谷に着いた修馬は、庵原屋の近くの蕎麦《そば》屋に入った。修馬は座敷の端に寄り、連《れん》子窓《じまど》越しに庵原屋の人の出入りがよく見える場所に陣取った。

庵原屋が般若党に通じているのは、疑いようがない。般若党から入れ知恵されたか、金をもらったか、とにかく偽金造りを提唱し、おびただしい銅や銅器などを両替商たちに集めさせた。そこを、あの女が率いる般若党が襲い、奪った。

般若党にとって誤算だったのは、高戸屋の襲撃の際、徳太郎が用心棒に雇われていたことだ。もしその事実を知っていたら、おそらく襲撃には来なかったのではないか。

修馬たちが雇い入れられたのは、やつらの襲撃の間際だった。ゆえに、般若党に知られずに済んだのだろう。

運ばれてきたざる蕎麦を修馬は食べはじめた。ここはなかなかうまい。最高とはいわないが、店主はよい腕をしていると思う。今の時季にこれくらいの味を出せるのなら、新蕎麦が出回る頃にはもっとうまい蕎麦切りを食べられるだろう。また来てもよい店だ、と修馬は思った。

蕎麦猪口《ちょこ》で蕎麦湯を喫した。これも鰹節《かつおぶし》がきいていて、実においしい。

修馬は蕎麦湯を飲みながら、庵原屋に目を当てた。今のところ、目立った動きはない。

目の前の道を飛脚が走ってゆく。どこかの家に手紙が届くが、もらうほうはきっとうれしくてならないだろう。中身にもよるが、手紙というのは、受け取ればたいてい笑顔になるものだ。

そういえば、と修馬は思いだした。滅多刺しにされて殺された新垣真之丞は、襟元に縫い込んであった手紙を奪われたかもしれません、と七十郎がいっていた。

西村久米蔵は、久米蔵の家に蓄えられた大量の一文銭を般若党が奪うために命を失った。

真之丞と久米蔵は、同じ隠密仲間にちがいない。徳太郎に例の女の遣い手を倒すようにいってきたのも、賀芽道場の関係からして、同じ隠密の組の者にちがいあるまい。

だが、隠密だとしたら、どうして久米蔵は一文銭を集めていたのか。公儀の者が偽金造りをするとはとても思えない。

しばらく一心に考え続けた。

これだろうか、という答えを修馬はついに得た。

久米蔵は小判を一文銭に両替してくれれば、たっぷりと儲けさせると声高に喧伝《けんでん》していた。ふつう、あんな派手にはやらぬものではないか。あんなに大がかりにやっていたのは、般若党を誘うためではないか。

隠密たちは般若党のことを調べていた。そして、般若党が偽金造りに関《かか》わっているという手がかりをつかんだ。それで、わざと久米蔵のところに一文銭が大量に蓄えられつつあることを般若党に知れるようにした。久米蔵のところを襲わせ、隠密たちは返り討ちにしようとしていた。そういう算段だったのではないか。あるいは、襲撃させたあと、あとをつけて隠れ家を見つけ出そうとしていたのかもしれない。

だが、なんらかの手違いが起きたかして目算が外れ、久米蔵をむざむざと殺させることになったのではないか。

それでは、真之丞の持っていた手紙というのは、なんなのか。重大なことを伝えるものであるのはまちがいあるまい。

真之丞という男は、身分を隠して般若党の関係しているところに入り込んでいたのか。

手紙には般若党のことが記してあったのか。重要なことを知らせようと侵入していたところを脱し、隠密の頭《かしら》に知らせようとしていたのか。だが、般若党はそのことを知らされてはたまらず、真之丞を消し、文を奪った。こういう筋書なのか。

やはり徳太郎に話を聞きたい、と修馬は思った。徳太郎を雇った者は般若党に敵対する隠密の組の上位に位置する者ではないかという気がしてならない。今なら徳太郎も話をしてくれるのではないか。ここに来る前に話を聞いておかなかった不明を修馬は恥じた。

徳太郎に話を聞きたくてならないが、せっかくここまで来て、庵原屋を離れるわけにはいかない。

どうすればいい。修馬は自問した。庵原屋のことは放《ほう》っておいて、徳太郎に話を聞くことを優先するか。徳太郎の話からでも、般若党に肉薄できるのではないか。

修馬はこの蕎麦屋を離れるかと考え、腰を浮かせかけた。

「山内さま」

声がかかり、修馬はそちらを見た。

「時造ではないか」

「このあいだはどうも」

時造が修馬の前に当たり前の顔で座った。修馬も座り直した。

「山内さま、この店にはよく来るんですかい」

「いや、初めてだ。おぬしは」

「あっしはここの蕎麦切りが好きで、よく来ますよ」

「そうなのか」

時造がじっと目を当ててきた。

「山内さま、なにかお困りなんですかい」

修馬は見つめ返した。この俺が困ったとき、見透かしたように必ずあらわれる。もしやこの俺を張っているのか。だが、そんな目など感じたことは一度もない。

「どうして俺が困っていると思う」

「お顔に浮かない感じがあらわれていますよ」

「そうか」

修馬は顔をつるりとなでた。

「それにしても時造、俺が困っているときになんとも都合よく姿を見せてくれるものだな」

時造がにこっとする。

「なに、たまたまですよ」

「たまたまとは思えぬのだが。時造、おぬし、何者だ」

「前にもお話ししましたけど、ただの遊び人ですよ」

「ただの遊び人が、般若党の連中とやり合えるわけがなかろう。しかもおぬしの得物は匕首《あいくち》だった。ただ者ではないぞ」

「ただ者ですよ」

まともに答えようとする気はないようだ。ならば、ここは素直に利用させてもらうことにするか。

「時造、頼んでよいか」

「なんなりと」

「あの店の張り込みをしてくれ」

「お安い御用ですよ」

時造はあっさりと請け合った。考えてみれば、自分などよりもずっとうまくやるのではないか。

「時造、なにかあったら知らせてくれ。俺はここにいる」

修馬は、これから向かう場所を口にしようとした。

「高戸屋さんの向島の別邸ですね」

時造が先んじていった。修馬はまじまじと見た。

「おぬし、本当に何者だ。隠密か」

「あっしが隠密に見えますかい」

「見えぬこともない」

「ちがいますすよ。あっしは隠密などではありません」

「ならば、どうして高戸屋のことを知っているのだ」

時造がにかっと笑う。

「そんなことはどうでもいいじゃありませんか。一ついえるのは、あっしがどんな者よりも早耳だっていうことですよ」

はぐらかされた気分だったが、今はとにかく徳太郎に話を聞きたい。修馬は蕎麦屋をあとにし、向島を目指して走り出した。

汗みどろになった。

二

まず井戸の水を浴びた。

寿兵衛が大ぶりの手ぬぐいを貸してくれた。それで体をふいたら、さっぱりとして気持ちよかった。太陽は頭上で盛っているが、それでも風に吹かれると、涼しく感じられた。

「徳太郎はどこにいる」

寿兵衛が苦笑いする。

「銅の集められた部屋にいらっしゃいます。こちらがなにを申し上げようと、あの部屋から動かれません」

「頑固者だからな、こうと決めたら、融通が利かぬ」

修馬は銅の部屋に向かった。昨日破られた襖《ふすま》などは、すでに建具屋が入ってちゃんと元通りにしている。

「失礼するぞ」

修馬は襖をあけた。

「あれ、おらぬ」

徳太郎がいない。

「厠《かわや》か」

いきなり背後から気配が近づいてきた。振り返る間もなく、冷たいものが背中に当てられた。

「油断だな、修馬」

「なにをいっている、徳太郎」

徳太郎が修馬から離れた。

「きさま、まったく緊張感というものがないな。それではいかんぞ」

「だが、ここで緊張していろというのは無理だぞ」

「いつ般若党が押し入ってくるか、わからぬではないか」

「そのときはそのときだ」

「気楽なやつだ。ところで修馬、どうして戻ってきた」

「おぬしに話を聞きたい」

「なんの」

「まずは座ろうではないか」

修馬と徳太郎はおびただしい銅が置かれたままの座敷に正座した。

「話とは」

「俺はさっきまで市谷の蕎麦屋にいた。そこで庵原屋を見張りながら、いろいろと考えた。そして般若党の手がかりをつかむ最もよい手立てを思いついた」

「ほう、聞こう」

「それは、おぬしに般若党の者を討つようにいった者だ。その者に話を聞くのが最も手っ取り早い」

「うむ、それか」

徳太郎が苦しそうな顔になった。修馬はたたみかけた。

「その者が誰か知らぬが、般若党について最も詳しい者ではないか。その者に話を聞くのが一番よいと思う。徳太郎、どうだ」

眉根を寄せ、うなるように考え込んでいた。

迷ってはいたが、知りたいという気持ちがまさったようで、やがて大きくうなずいた。

「わかった、おぬしを依頼者に会わせよう」

「徳太郎、うれしいぞ」

「だが修馬、この別邸をあけるわけにはいかぬゆえ、呼んできてほしい」

「お安い御用だ」

修馬は勢い込んだ。

「どこに使いをすればよい」

「うむ、人に会うということはないのだ」

「どういうことだ」

「こういうことだ」

徳太郎が詳細を話した。

「承知か」

「ああ、覚えた」

修馬はすぐさま高戸屋の別邸を出た。

せっかく水を浴びたのに、夏の陽射《ひざ》しを受けて、ほんの少し行ったところでまた汗みどろになった。

大川を渡り、その後は重い着物を引きずるようにして足を運んだ。目指すは神田である。

「ここか」

足を止めた修馬は声に出していった。

鳥居の扁額《へんがく》を見上げる。日下《くさか》神社とある。

修馬は鳥居をくぐった。小さな無住の神社である。広さは百坪もないのではないか。狭い境内に、ちっぽけな本殿が建っている。本殿の前に磨き込まれたように光沢を帯びている古い狛犬《こまいぬ》が向き合っている。石畳の両側に二つの灯籠《とうろう》も立っている。

石畳を進んだ修馬は本殿の前に来た。鈴を五度鳴らし、さらに三度鳴らす。それから、本殿を背にして右側の灯籠の火を灯《とも》すところに文をしまい込む。

その後はあとを見ずに神社を出た。

ずいぶん用心深い。誰が文を手にするのか見たかったが、修馬は押し殺した。

修馬は汗をかきかき再び別邸に戻った。

「いわれた通りにやってきたぞ」

水を浴びる前に修馬は徳太郎に告げた。徳太郎が深くうなずく。

「誰が出てくるか見てやろうなどという、不届きなことはしなかっただろうな」

「考えただけだ」

「それならよい」

徳太郎が息をつく。

「あとは黙って待てばよい」

修馬は隣に座り込んだ。

「山内さま、お客さまにございます」

修馬が戻ってから半刻（一時間）ほどたったとき、寿兵衛が部屋に入ってきていった。

「名乗られないのでございますが、どういたしましょう」

「使いだろう」

徳太郎が指摘する。修馬はうなずいた。

「通してくれ」

寿兵衛とともに座敷にあらわれたのは、若い男だった。坊主頭で、よく日に焼けた精悍《せいかん》な顔をしている。

「おぬしが使いか」

「さよう」

朗々とした声で答え、徳太郎を見つめた。

「史正《ふみまさ》という料理屋があります。そちらに来てほしいとのことです」

修馬は寿兵衛を見た。

「史正なら、ここからほんの一町（約一〇九メートル）ばかりしか離れていません」

それならば、もしこの別邸でなにかあっても、すぐに駆けつけられよう。

修馬と徳太郎は、使者の先導ですぐさま向かった。その史正にいったいどんな男がやってくるのか、修馬は気にかかった。いや、男と決めつけるのはよくない。女が来るということも十分に考えられる。

史正はあまり大きくはないが、落ち着きのある黒い建物だった。出入口もさほど広くはないが、磨き込まれた石がつやつやしており、清潔な感じにあふれていた。

修馬たちは店の奉公人に二階に案内された。

「こちらです」

修馬たちに声をかけて、奉公人はさらに中に向けて言葉を発した。

「お連れのお方がいらっしゃいました」

もう来ていたのか、と修馬は思った。動きは相当早い。

「お通ししてくれ」

穏やかな声が返ってきて、奉公人が襖を横に引いた。

座敷は八畳間で、一人の侍が正座していた。頭巾《ずきん》をしている。

「あれ」

修馬には見覚えがあった。このあいだ、闇《やみ》の両替商をこれからはじめるぞと心に決めて太兵衛に戻ってきたとき、入れちがうように中から出てきた侍である。女将《おかみ》の雪江に、あれは誰かときいたが、とぼけられた。その侍がいま目の前にいる。

「失礼する」

一礼して修馬は侍の前に座った。徳太郎が横に正座する。使者は侍の斜め後ろに控えた。

「この横にいるのはご存じだろうが、朝比奈徳太郎、それがしは山内修馬にござる」

修馬は言葉を投げた。

「それで、おぬしは何者かな」

「山内どのが般若党と名づけた組と、敵対している組の長《おさ》にござる」

侍は名乗らない。頭巾も取ろうとしない。

「きいてもよろしいか」

修馬がいうと、侍が軽く顎《あご》を引いた。

「なんなりと」

「西村久米蔵が殺されたのは、般若党を誘おうとして、なにか手違いがあったのか」

「手違いではない」

頭巾の侍が答える。

「わしのしくじりがあった」

「どのようなしくじりだ」

頭巾の侍が苦い顔をしたのが、知れた。

「まだ大丈夫だろうと踏んでいたのだ。山内どのが二十両分の一文銭を持ってくるまでは仕掛けてこぬ、と勝手に判断していた。そのために、まだ陣容を厚くしてはいなかった」

「そうしたら、やつらはあらわれたのか。そうして金をすべて奪っていった」

「その通りだ。新垣真之丞が大事な知らせを持って帰ってくるという知らせも重なって、人を割けなくなった。すべてはいいわけになる。死んだ二人には謝っても謝りきれぬ」

頭巾の侍が無念そうにうつむく。

「新垣真之丞はなにをしていた。大事な知らせを持って帰ってくるというのは、奪われた手紙のことか」

「そうだ」

頭巾の侍が首肯する。

「真之丞はある店に入り込み、般若党のことを調べていたのだ」

「どのような店だ」

「その店は般若党とはまったく関わりがないことが判明していた。そういうところからでないと、般若党のことは調べられぬ。般若党はひどく用心深いゆえ。真之丞は慎重にときをかけて調べていた。そして、ついに般若党について重要な事実を手に入れたのだ」

「どのようなことだ」

「手紙を奪われたゆえ、わからぬ」

「だが、真之丞どのが血文字で遺した、てんじ、というのが関係しているのはまちがいなかろう。てんじ、についてなんの見当もついておらぬのか」

「そのようなことはない」

「どのような見当がついているか、教えてくれぬか」

「できぬ」

「なぜだ」

「そのことは我らでやるからだ」

「勝手なことをいうな」

修馬は怒声を上げた。

「組の者でないのに、この朝比奈徳太郎は引き込んだではないか」

「確かに。我らの組には般若党の女剣士に敵する者がおらぬので、つい頼んでしまった」

「徳太郎が金を欲していることも調べ済みで、釣ったのではないか」

「確かにそれもある」

頭巾の侍は認めた。

「般若党というのは、本当はどういう組なのだ。般若党とは俺が適当につけた名でしかない。別の名があるのではないか」

修馬は強い口調で問いただしたが、頭巾の侍は答えない。

「朝比奈どの、仕事はまだ続けてもらえるのかな」

徳太郎は顎を引いた。

「そちらがかまわぬのであれば」

「是非ともあの女剣士を仕留めてもらいたい」

「ならば、てんじについて教えてもらいたい」

　修馬は頭巾の侍にいった。

「そのときがきたら、教えよう。では、これでな。これでも忙しい身だ。次の用事を済まさねばならぬ」

　頭巾の侍がすっくと立ち上がった。

　修馬はすかさず声を放った。

「雪江どのとはどういう関係だ」

　頭巾の侍が冷たい目で見つめる。

「いう義理はない」

　頭巾の侍が出てゆく。使者に立った若者があとに続いた。

　確かにその通りだな、と修馬は思った。だが、いずれ化けの皮をはいでやる。

三

　腹が煮えた。

修馬は立ち上がった。

「どうする、つけるのか」

座ったまま徳太郎がきく。

「そのつもりだ」

「撒《ま》かれるなよ」

「わかっている。徳太郎はどうする」

「俺は高戸屋の別邸に戻る。今はそれがつとめゆえ」

「よろしく頼む」

「任せておけ」

修馬は史正を出て、侍の姿を捜した。

頭巾の侍はゆっくりと歩いてゆく。使者をつとめた若者が先導していた。

修馬はつかず離れずという距離を保った。

若者が林を過ぎたところでつと左に折れた。頭巾の侍がそれにならう。修馬はわずかに足を急がせた。

林の陰からうかがうと、すすきのあいだに川が流れているのが見えた。小さな桟橋が設けられており、舟がつながれていた。若者が舫《もや》い綱を解き、棹《さお》を握って舟を出そうとしていた。

まずい。修馬はほかに舟がないか、あたりを見回した。だが、どこにも舫われていない。

舟がすうと動き出した。修馬は地を蹴《け》った。舟を目指して走る。

舟は岸からすでに二間（約三・六メートル）近く離れていた。だが、これくらいならきっと届く。修馬は舟に向かって跳んだ。もし舟に乗ったからといって、なにがどう変わるのかわからない。修馬が乗った衝撃で転覆もあり得る。しかし、今は飛び移るしかない。もう宙を飛んでいるのだ。

足が艫《とも》にかかったと見えた瞬間、すいと舟が動いた。修馬は、えっ、と思った。どぼん、と体が川に沈み、目の前が泡だらけになった。

修馬はあわてて手で水をかいたが、すでに足は底に着いていた。修馬はぶはあ、と流れから顔を突き出した。ざざっと体を水が流れ落ちる。意外に冷たくて気持ちがよい。

舟を見やる。頭巾の侍が船首近くに座り、こちらを眺めている。頭巾のために表情はわからないが、あきれているように感じられた。

舟はすーと動いて、やがて葦《あし》の向こうに消えていった。

俺は本当に徒目付だったのかな。自分を疑いたくなる。勘兵衛がくびにしたのは、酒の上でのへまのせいではなく、俺のこういうところを見抜いたからではないのか。

はあ。ため息をついた修馬はぶくぶくと流れに顔を沈めた。

さて、どうする。

岸に上がって修馬は考え込んだ。手がかりはやはり真之丞が遺《のこ》した血文字の『てんじ』しかない。これはいったいなんなのか。

修馬は濡《ぬ》れた衣服を乾かすために、太陽の下を歩いた。今の時季なら、こうしていればすぐに乾く。

やがて、大川に出た。吾妻橋《あづまばし》を渡る。この頃にはもう衣服は乾いていた。少しごわごわとしているのがあまり気持ちのよいものではない。修馬は橋の途中で足を止め、欄干を握って、下を眺めた。

多くの船が行きかっている。これだけの数の船がいるのに、ぶつかって転覆したという話はほとんど聞かない。江戸の船頭たちはよほど腕がいいのだ。

俺も鍛錬すれば、熟練の船頭になれるのかな。修馬はそんなことを思った。

おや。行きかう船の群れの中に天佑丸《てんゆう》という船がいた。

それを見て、ぴんときた。てんじ、というのは船の名ではないか。むろん、人の名やなんらかの店の名というのも考えられるが、ここは船ということにしよう、と決めた。徒目付を拝命していた自分の勘を信じよう。

船ならば天神丸、天竺丸《てんじく》、天寿丸、天日丸、天上丸、天路丸、このくらいだろうか。ほかにもあるのだろうが、今のところ、思い浮かばない。

つまり、般若党は船に奪った銅を積み込もうとしているのではないか。船の名と出航の日を、真之丞は密書にしたためて知らせようとしていたのではないのか。

てんじ、というのが船ではないかと、あの頭巾の侍はとうに見当をつけているのではないか。

どこに向かって運び出すのかわからないが、きっと大きな船だろう。なにしろ積荷はおびただしい量の銅なのだから、相当の重さになる。それに耐える船でなければならない。

大きな船が着くところというと、と修馬は考えた。

日本橋の河岸《かし》や京橋鉄砲洲《てつぽうず》の河岸に足を運んだ。沖合に数えきれないほどの船が浮かび、帆を休めている。

修馬は目を凝らした。天神丸という船は見当たらない。てんじ、ではじまる船をとにかく探した。だが、なかなかその手の船は見つからない。天寿丸という船はいたが、かなり小さく、修馬はちがうという判断を下した。

霊岸島《れいがんじま》にも行き、いろいろな者に話を聞いた。

だが、天神丸や天竺丸といった船について、噂話《うわさばなし》をまったく聞くことができない。

俺は本当に徒目付だったのか。またも自分の力について疑問を持たざるを得なくなった。

一人の男の顔が脳裏に浮かんだ。勘兵衛だった。優しい目で修馬を見つめている。

だが、勘兵衛は今の俺を助けてはくれぬ。いつも力になってくれる男は、ほかにいるではないか。

助けてくれ、時造。

お呼びですかい、といわんばかりにひょっこり時造があらわれたから、修馬は跳び上がらんばかりに驚いた。

「時造……」

時造はにこにこしている。

「今のところ、庵原屋にはなんの動きもありませんよ」

「ああ、済まぬ」

修馬は謝った。

「おぬしに庵原屋のことを任せていたのを失念していた」

時造がかぶりを振った。

「いいんですよ」

じっと見てきた。勘兵衛を思わせるような深い瞳《ひとみ》の色をしている。修馬は、我知らずこの男は本当に何者なのだろう、と思った。正体を強烈に知りたかった。

「時造、おぬし」

「えっ、なんですかい」

「いや、なんでもない」

きいたところで、どうせ教えてはくれないだろう。

「山内さま、あっしがお手伝いしましょうか」

「なんのことだ」

「山内さまがいま調べようとしていらっしゃることです」

修馬はいぶかしげに見た。これまで何度も驚かされているが、また今度もそうなのか。

「時造。俺が今なにをしているのか、知っているのか」

「船探しですね」

あっさりと答えた。

「おぬし、いったい何者だ」

先ほどの疑問が口をついて出た。修馬はあっけにとられるしかない。

時造は微笑をうかべているだけだ。

「てんじ、ではじまる船を探せばよろしいのですね」

「すべてお見通しなんだな」

時造がにっと白い歯を見せる。

「まこと任せてよいのか」

「はい、お任せください。大船に乗ったお気持ちでいてくだすってけっこうですよ。見つかったら、お知らせいたします」

時造の言葉を聞いて、修馬はしばし考えた。時造が船を見つけてくれるのなら、こちらから攻勢に出られるではないか。今まではずっと般若党の攻撃を受けるだけだったが、それを逆にできる。修馬は愁眉《しゅうび》をひらく思いだ。

「ならば、例の高戸屋の別邸まで知らせてもらえるか。俺は今から戻るゆえ」

「お安いご用です」

時造が快諾する。

「かたじけない。では頼んだぞ」

修馬は別邸に向かって走りはじめた。

四

修馬が永代橋《えいたいばし》の方角へ駆けてゆくのを、時造は見送った。

すでに夕闇が近づいてきている。

たいしたものだ、と時造は思った。修馬は今日、一日中、ずっと働きっぱなしだった。身を粉にすることをよく知っている。骨惜しみしない。お調子者のところがあるが、人のために一所懸命になれるのは、すばらしい。

よし、探すか。

時造は指笛を短く鳴らした。

二つの影がすっと寄ってきた。両人ともいかにも敏捷《びんしょう》そうで、いずれも職人のような格好をしている。

「今のを聞いていたな」

時造は二人にいった。

「はっ」

二つの影が声をそろえる。

「手分けして船を探してくれ。俺も探すが、その前に例のお方にこの件を知らせてくる。おまえたちは、それらしい船を見つけたら、高戸屋の別邸へ走り、俺の使いだと名乗れ」

「承知しました」

時造は二人の顔を見た。双子ではないが、よく似ている。長いこと一緒に仕事をしていると、顔つきが似てくる。それは確かだ。

「よし、では行ってくれ」

はっ、と二人が走り去った。

時造も駆けはじめた。

例のお方は、と思った。今日は石津屋《いしづや》にいらっしゃるはずだ。

時造は風のように走り、四半刻（三十分）の半分もかからずに石津屋の近くまでやってきた。

時造は足をゆるめ、明るい提灯《ちょうちん》を門の両側に灯している料亭に近づいていった。麹町界隈《こうじまちかいわい》は大勢の人でにぎわっている。武家もいれば、町人も少なくない。誰もがにこやかにし、笑い声が絶えない。

こういう光景を見ると、今が不景気だというのが信じられないし、江戸という町は本当に平和だとも思う。凄惨《せいさん》な事件など起きそうもない。だが、実際にはそうではない。

時造は襟元を直し、涼しさを覚えさせる風に揺れる暖簾《のれん》を払った。いらっしゃいませ、と明るい声がかかり、顔見知りの女中が寄ってきた。時造はにこっとし、軽く頭を下げた。それだけで女中は時造の用件を察した。訳知り顔の下足番の親父《おやじ》が歯のない口をにやりとさせて、時造を見る。時造は雪駄《せった》を預け、上がり框《がまち》に足をのせた。

女中の案内で二階に上がる。廊下を進んで突き当たりを右に曲がり、最初の部屋に時造は入った。

「ありがとう」

時造は女中におひねりを渡した。

「いつもすみません」

「いいんだ」

女中が襖を静かに閉めて去った。

時造は、二つの行灯《あんどん》が明々と灯された八畳間の真ん中に腰を下ろした。青々とした畳で、横になれたらどんなにうれしいだろう。だが、そういうわけにはいかない。なにやらまわりからは、ときおり腹を揺すっているかのような哄笑《こうしょう》が聞こえてくる。なにやらひそめた会話も耳に届く。たおやかな三味線の音も流れてくる。合わせる唄《うた》も聞こえる。あれは新内《しんない》だろうか。

時造は、もの悲しい曲調にしばらく耳を傾けていた。

唄が途切れ、それを合図にしたかのように部屋の前に人の気配が立った。

「入るぞ」

声がかかり、時造は居住まいを正した。

襖があき、頭巾をした侍が入ってきた。時造の前に座る。

そっと頭巾を取った。鋭い目が時造を見る。時造は威に打たれたように頭を下げた。

「どうだ、かの者は」

低い声でただしてきた。

「はっ、感心するくらいよく動き回っております」

そうか、と侍がうなずいた。

「今の状況は」

時造は手短に告げた。目の前の侍は忙しい身の上である。今も他者との会合の最中、厠に行ってくると中座し、この部屋にやってきたのだろう。

「そうか、船か。気づかなかったな」

引っかかることがあるのか、侍が畳を見つめてじっと考え込む。隅の行灯の炎が揺れて、襖に侍の影を大きく浮かび上がらせる。相貌《そうぼう》の影が特に大きく見えた。侍が目を上げた。

「そういえば、天陣丸という船を最近、見たな。霊岸島の近くの魚を食べさせる料理屋だった。そこの窓から見たのだが、なかなか大きな船だった」

「天陣丸でございますか」

「そうだ。天神丸ではなく、天陣丸だ。珍しい名だなと思ったから、記憶に残っている。そうか、俺は怪しい船を目にしていたのか。迂闊《うかつ》であったな」

時造は、悔しがる侍を好意の目で見た。

「では、手前はこれからその天陣丸を探してみます」

「うむ」

侍が深くうなずき、立ち上がった。気づいたように頭巾をつける。そっと襖をあけ、出ていった。

襖を閉めた時造は引手に手を預けたまま、心の中で十を数えた。それから襖を横に引いた。廊下に滑り出る。

階下に降り、出入口に向かう。

下足番の親父から雪駄をもらった。お返しにおひねりを渡した。親父が顔をほころばせる。いつもすいやせん、と頭を下げた。

「なに、世話になっているからな」

時造は雪駄を履き、暖簾を外に払った。外はすでに闇に覆われていた。

時造は軽く息を吸い込んでから、地上のほとんどすべてを支配下に置いている夜を駆けた。

天陣丸か、と走りつつ思った。例のお方が口にした船が果たしてそうなのか、正直わからないが、あの手の侍には勘が備わっている。

合っているかもしれないな、と時造は思った。とにかく霊岸島に行ってみることだ。

霊岸島といえば、山内修馬も足を運んでいた。あのときは見つからなかった。だが、俺たちが探せば、また結果はちがうだろう。

時造はひたすら足を急がせた。

五

待ち続けている。

だが、時造は姿を見せない。

向島でじっとしているよりも、この別邸を出て船を探すほうがいいような気がしてくるが、時造に任せた以上、今は信じてここにいるしかない。

修馬は茶を喫した。眠気が取れて、ありがたい。ただ、厠が近くなるのが少し困る。

徳太郎も行灯の明かりを横顔に浴びて、静かに茶を飲んでいる。

「なあ、徳太郎」

「なんだ」

徳太郎が目を向けてきた。

「おぬし、どうして仕官を望んでいる。浪人がよいとはいわぬが、今の大名や旗本に仕える侍が恵まれているとも思えぬぞ」

徳太郎が顔を上下に動かした。

「それはよくわかっている」

「それなのに、どうして仕官にこだわる」

徳太郎が悲しげな目をする。

「父は大名家に仕えていた。だが役目でしくじり、浪人になった。父は母や我らを路頭に迷わせたことがよほど心残りだったようで、俺に仕官せよ、と告げて亡くなった。仕官せよ、というのが父の遺言だ。守らぬわけにはいかぬ」

「父上の遺言が大事なのはわかるが、無理をせずともよいのではないか」

「無理をするのは俺の性格ゆえ、どうにもならぬ」

修馬は湯飲みを茶托《ちゃたく》に置き、腕を組んだ。

「おぬしほどの腕前なら召し抱えようと考える大名や旗本はいくらでもいそうだが、うまくいかぬのだな。まこと仕官というのは、むずかしいものよな」

修馬自身、徒目付への再仕官を思わないことはないのだが、やはり無理だろうなと考えざるを得ない。

徳太郎が湯飲みを握り締めて続ける。

「今の世、剣術の腕では駄目だ。なにか才覚がないとな。それでいえば俺はまったく駄目だ。剣術以外なにもない」

「そんなに悲観するな。あきらめずに仕官を望み続ければ、きっとどこか召し抱えてくれるところはあろう」

徳太郎が目を和ませる。

「ところで、修馬はどうして浪人をしている」

それか、と修馬はいった。

「しくじりを犯したのだ。酒を飲んで酔い潰《つぶ》れ、大事な捕物に出られなかった」

徳太郎が目をみはっている。

「捕物ということは、元は番所の者か」

「いや、徒目付だ。これでも、直参《じきさん》旗本の跡継だったのだ」

「そうだったのか。跡取りの座はどうなった」

「もう駄目だ。俺は勘当されたゆえ」

「そうか、残念だな」

徳太郎が顔を上げ、まじまじと見る。

「修馬がしくじりを犯した捕物だが、事前にその日に捕物があるのはわかっていたのか」

「わかっていた」

修馬は短く答えた。

「それなのに、酔い潰れるほど飲んだのか」

「いや、明け六つ（六時）ちょうどに急襲することになっていた。それまで英気を養うために帰宅を許されたので少し寝ようと思い、自室で横になった。捕物ということで興奮していたらしくどうにも寝つかれぬので、ほんの少しだけ寝酒をした。半合も飲んでおらぬ。それがどうしてかぐっすりと眠りこけてしまい、お頭からの使者が来たにもかかわらず、俺は起きられなんだ。父にも起こされたらしいが、やはり目を覚まさなかった」

「不思議なこともあるものだな」

「ああ、よほど疲れていたのだろうと思うしかなかった。あとでいろいろと聞いて、俺自身、そのようなことがあったとは信じられなかった。捕物の前に寝酒をした俺が悪いのだ。結局、俺が高いびきをかいている最中、捕物は行われた」

「賊は捕らえたのか」

「ああ、なにごともなくな」

「それで、修馬は徒目付をくびになったのか」

「そうだ」

「お頭《かしら》をうらんでいるのか」

「うらんでおらぬ、といいたいが、まだわだかまりは解けておらぬ。だが、お頭の性格からして俺をかばったのではないかと思える。俺を処分せざるを得なくなったのは、誰かが大目付に告げ口をしやがったからではないか。上の者にいわれたから、お頭もかばいきれなくなった。そういうことではないかと今は思える。告げ口をしやがった者だけは決して許さぬ」

修馬は憤然としていった。

「それで今は浪人か」

「今はくびになってよかったと思っている。市井《しせい》の暮らしは気楽で楽しい」

徳太郎が眉根を寄せる。

「だが、糊口《ここう》をしのぐのは楽ではないぞ」

「わかっている。だがこの自由さはなにものにも代えがたい」

「確かにな。仕官したら、この自由さは失われるだろうな」

その通りだ、と修馬はいった。

「金だって、そうたやすくは稼げなくなるぞ。腕を高く買ってくれるのは、用心棒しかないからな」

「確かに支度金で十両、ぽんと弾んでくれるところは商家しかなかろう」

徳太郎が修馬を見つめる。

「修馬、きさまも支度金をもらったのか」

「もらっておらぬ」

「十両の支度金は折半ではないのか」

「いや、よい。おぬしが全部もらっておけ」

「そういうわけにはいかぬ」

「美奈どのに医術書を買ってやれ。もし他の者に買われてしまったら、ことだぞ」

「もちろん買ってやるが」

「折半にしたら、書物の代の十五両には足りなかろう。徳太郎、本当に俺はよいのだ。金は天下の回り物というではないか。ここでもらわずとも、いつか俺の懐《ふところ》に入る仕組みになっている。案ずるな」

徳太郎が感激の面持ちになる。

「かたじけない」

廊下をやってくる足音が聞こえた。修馬と徳太郎は耳を澄ませた。足音は目の前で止まった。

「山内さま、朝比奈さま」

声をかけてきたのはあるじの寿兵衛である。

「お客さまでございます」

時造だな、と修馬は思った。

「通してくれ」

案の定、時造が修馬たちのいる座敷にやってきた。一礼し、裾《すそ》を払って正座する。

珍しく少し汗をかいているようだ。

「怪しい船がいました」

「船の名は」

修馬は勢い込んできいた。

「天陣丸です」

珍しい名だが、般若党の持ち船ならば、ふさわしい名のように思える。

「この天陣丸という船は五百石《こく》積みほどの船です。驚くような大船ではありませんが、造りからしてまちがいなく快速を誇っています」

「ほう、快速船か」

「しかも、妙な雰囲気を発しています。どこか物々しいのですよ」

徳太郎が修馬を見つめてきた。修馬は深くうなずいた。

「よし、さっそく行ってみよう」

修馬たちは時造の先導で向かった。

向島の高戸屋の別邸に赴くときに使った永代橋を、今度は西へ渡った。

「時造、天陣丸はどこに停泊しているのだ」

「実は霊岸島です」

それを聞いて、修馬は顔をしかめた。自分が調べ回ったところではないか。それでなんの手がかりも得られなかった。やはり俺は徒目付には向いていなかったのではないか。くびになって正しかったのではないか。

修馬たちは、昼間ならば沖合でおびただしい船が帆を休めている風景が見えるはずの場所に出た。

今は夜のためあまりよくは見えないが、修馬は元徒目付だから夜目が利く。闇を見透かしてすべてが見えるということはないが、目の先におびただしい数の船が停泊しているのはわかる。

「どれだ」

修馬は時造にきいた。

「あれです」

時造が人さし指を伸ばす。修馬は指さす先を見やった。

「流麗さを感じさせる船がご覧になれますか」

修馬はじっと見た。目をあちらこちらに動かしていると、やがてうっすらとそれらしい影が浮かび上がってきた。

距離は一町半（約一六四メートル）ほどか。ずんぐりとした船が多い中、時造がいうように一艘《そう》だけすらりとした船形である。帆は掲げていない。

あれが天陣丸か、と修馬は凝視した。

近くを艀《はしけ》や小舟が行きかっているということもない。波のない凪《なぎ》の海に、ゆったりと体を休めているという風情である。

出港に備え、英気を養っているのだろうか。

「行きますか」

時造が低い声をかける。

「どうやって行く」

「小舟を用意してあります」

こちらです、と時造が案内する。

小体の桟橋に荷や客を運ぶためのものか、小舟が舫われている。

「お乗りください」

「これは時造の舟か」

「まさか」

時造が笑う。

「借りたのですよ」

「まことか」

「ええ、持ち主には話を通してあります」

時造が、舟が揺れないように押さえる。

「どうぞ」

修馬は一番に乗り込んだ。時造のおかげで舟はほとんど揺れなかった。まだ徳太郎が残っているのに、時造が舟から手を放した。徳太郎がかまわずひらりと飛び乗る。まるで地面に固定されているように、舟はかすかにすら動かなかった。葉っぱ一枚が舞い降りても、もう少し舟は動くのではないかと思わせる。

修馬は、すごいな、とため息をつくしかなかった。

時造が艫に乗り、櫂《かい》を手に取る。精悍な顔つきになっていた。

「では、行きますよ」

柔らかな声を発した。時造が手と腰に力を込めようとする。

「待たれよ」

背後から鋭い声がかかった。

振り返ると、桟橋に数人の人影が立っていた。例の頭巾の侍である。肩を怒らしてずいと出てきた。

「まったくなんといえばよいのやら」

頭巾があきれたように横に揺れる。

「山内どのの執念深さにはほとほと感服した」

「そのくらいしか取り柄がないゆえ」

「それがしは必要となれば、必ず朝比奈どのを呼ぶと申した。実際に呼ぼうとしたら、すでにおらなんだ」

「申し訳なかった」

徳太郎が謝る。

「いや、謝るようなことではない。おぬしらの動きを見破れなかったそれがしの不明に過ぎぬ」

「それでどうする」

修馬は頭巾の侍にただした。

「いうまでもない」

頭巾の侍が強い口調でいった。

「一緒にまいろう。朝比奈どのが一緒なら、我らも心強い」

結局この男は徳太郎だけがほしいのだな、と修馬は思った。俺など足手まとい程度に思っているのだろうか。ならば、その思いを覆してやる。

おっ。次の瞬間、修馬は目をみはることになった。徳太郎も時造も大きく目を見ひらいている。

頭巾の侍が手を振ったら、それまで近くの海に見当たらなかった何艘もの小舟が音もなく近づいてきたのだ。

どの小舟にも人が乗っていた。いずれも鎖かたびらなどで武装しており、ぎらぎらとした目を闇に光らせていた。明らかに殺気を放っている。仲間を二人、殺されたことで、仇《かたき》を討とうと復讐《ふくしゅう》の炎を燃やしているのだろう。

総勢で三十人はいるだろうか。

これが、頭巾の侍が率いている組の者たちなのだろう。組の者が全員、ここにいるのだろうか。

頭巾の侍が、すいと回ってきた舟にひらりと乗った。

船頭をつとめる者が櫂を握り、頭巾の侍の合図で漕ぎはじめた。舟が暗闇に包まれている海を進み出した。他の舟もそれに続く。

数えてみたら、頭巾の侍の舟を含め、全部で七艘である。ぎいぎいという木のきしむ音が耳を打つ。かなり耳障りな音で、敵に気づかれぬだろうか、と修馬は案じた。

「俺たちも行こう」

修馬は時造に向かって軽く手を振った。時造がうなずき、腕の筋肉が盛り上がらせて櫂を漕ぎはじめた。

目指す天陣丸は、今のところ、姿のいい姿を影として見せているにすぎない。徐々に近づくにつれ、千石船の半分の積載量とはいえ、かなりの大船であるのがわかってきた。すでに見上げるような感じになっている。さらに近づくと、船腹の木目などもかすかに見えるようになってきた。

天陣丸は静かなもので、船上には人の動きなどまったくない。どうしたわけか、見張りの者もいないようだ。般若党にしては油断ではないだろうか。まさか船が見つかったとは、今もわかっていないのだろう。

修馬が一見したところ、天陣丸には妙なところなどどこにもない。

だが、時造のいう通り、なにか人が発するあわただしさのような気配が漂ってきている。船内では大勢の者が今も忙しく立ち働いているのではないのか。

夜の海はことのほか涼しく、昼間の暑熱が嘘のようだ。だが、修馬は背中にじっとりと汗をかいている。

つと修馬はぎょっとした。すっと船上に人影があらわれたからだ。どうやら見張りのようである。垣立《かきたつ》から身を乗り出し、怪しい者が近くにいないか、あたりをなめるように見はじめた。

こちらの櫂の音がいっせいに止まり、小舟の群れは静寂の中、独りでに進んでゆく。

見張りの男は海上を見続けている。

まずい、見つかる、と修馬が覚悟したとき、鋭く風を切る音がした。うっ、とかすかなうめき声が上がり、見張りがどうと倒れた。

修馬が横を見ると、弓を手にした男がいた。距離はさほどのものでないといっても、進んでいる舟から矢を放ち、命中させたのだ。なかなかの手練といってよい。

ただ、見張りが倒れた音が船内に届かなかったのだろうか、と修馬は気になった。

じっと船上に目を当てていたが、飛び出してくる者はいなかった。

そんなことがあっても、徳太郎は無表情を保ち、光を宿した目で船をにらみつけている。

「どうした、なにか感ずるのか」

修馬はささやきかけた。

「なに、あの女がおるなと思ってな。船から濃厚な気配を発しておる」

「そうか、やはりいるのか」

修馬は女の遣い手ぶりを思い出し、身が引き締まる思いだ。もちろん、すぐに戦いが待っているのはわかっている。油断をするようなことなど決してない。

すでに天陣丸との距離は、三間ほどまでに迫っている。修馬は胸が痛いほどにどきどきしてきた。

進みを止めた小舟の群れから、舷側に向かって、次々に鉤縄《かぎなわ》が飛ばされる。ぎゅっと引っぱり、がっちりと引っかかったことを確かめて、男たちが次々と縄をよじのぼってゆく。垣立をひらりひらりと越えて天陣丸に乗り込んでゆくその姿は、勇ましいという言葉以外、見つからない。まるで猿のような敏捷さで、まったく停滞というものがなかった。

「修馬、なにを見とれている。さあ、俺たちも行くぞ」

徳太郎が気迫をみなぎらせていった。すぐさま跳躍するや、頭上の鉤縄をしっかりとつかんだ。するすると縄を伝い、天陣丸に向かってゆく。

修馬も鉤縄に向かって跳んだ。だが、手はむなしく空をつかんだにすぎない。二回目の跳躍で、ようやく指が引っかかった。修馬は腕に力を込めて体を持ち上げようとした。だが、うまくいかず、足をじたばたさせただけだ。後ろから尻を持ち上げてくれたのは時造だった。

「済まぬ」

「山内さま、早く行ってください」

時造に急かされた。すでに頭上からは剣戟の音が響いてきている。

ああ、と答えて修馬は必死に縄をのぼりはじめた。

垣立までの一丈（約三メートル）ほどの高さが永遠に感じられた。

それでも、ようやっとのこと垣立を乗り越えることができた。えいやっと気合をかけて船の上に立つ。

いきなり般若面の者が斬《き》りかかってきた。うわっ。修馬は声を出して横によけた。

袈裟懸けから胴に変化した刀が、獲物を追う蛇のように追ってくる。

刀を抜いたものの、相手の斬撃には間に合わず、修馬はさっとしゃがみ込んだ。髷を飛ばさんばかりの際どさで刀が通り過ぎてゆく。

えいっ。修馬は刀を振り上げた。今日の得物は真剣である。刃引きの刀を使ったのでは、相手が命を失わないと知ったとき、思い切って踏み込んでくるようになって、戦いにくいことこの上ない。

相手はよけたが、修馬の刀は般若面にわずかに届いた。般若の面が傷つき、木片が散る。修馬は突っ込んだ。その勢いに押されたように相手が体をひるがえす。修馬はすかさず追った。背中に向かって刀を落とす。殺してもかまわぬという気持ちを込めた、必殺の斬撃だった。

背中に目がついているがごとく、相手がその刀をさっとよけた。修馬はわずかに前のめりになった。そこに敵の袈裟懸けが襲いかかってきた。修馬は必死に刀を引き戻した。間一髪、間に合い、強烈な打撃が両腕に伝わってきた。勢いに乗って、敵は胴に刀を振るってきた。

負けてたまるか。修馬は猛然と刀を繰り出し、相手の刀に合わせた。がきん、と鉄が鳴る音がし、修馬は腕がしびれた。相手も同じだったようで、一瞬、体がかたまったのが知れた。

修馬はだんと床板を蹴り、上段から刀を見舞った。相手はとっさに後ろに下がったが、修馬の刀はまたも般若面に触れた。ぱかっと面が真っ二つになり、男の顔があらわれた。額から血が流れ、それが目に入ったようで、狼狽の色が表情に出た。血で目をふさがれては、もう戦えない。血まみれになった顔をゆがめた男が、だっと体を返した。

修馬は追おうとしたが、新手の般若面の男に阻まれた。袈裟に振り下ろされた刀を弾き返すや、相手の胴に刀を叩き込む。寸前でよけられたが、刃先が相手の着物を斬り裂いた。かすかに血が飛び、この相手も眼前からあっさりと去っていった。

修馬は足を止め、まわりを見渡した。乱戦になっている。多勢同士の戦いで、戦国時代の戦《いくさ》はこんな感じではなかったかと思わせる光景が、目の前で展開されている。頭巾の侍の配下たちと般若面の男たち。真剣で斬り合い、互いに容赦がなかった。血しぶきが激しく飛び、切り離された手首が床の上を転がる。ただし、悲鳴はほとんど響かない。斬られた者は、無言で痛みに耐えているのである。

その戦いぶりからして、両者のあいだには深いうらみが横たわっているようだ。

徳太郎はどうしたのか。修馬は捜した。

徳太郎は、またも女の遣い手と相まみえていた。徳太郎のほうが攻勢をかけている。女のそばには護衛のように三人の般若面の男がついているが、徳太郎はその三人はお構いなしの風情で、刀を振るい続けている。三人の男は徳太郎を囲み込んで攻撃しよ

う と画しているが、徳太郎の足さばきは素早く、それをまったく許さない。徳太郎の刀は速さを増してゆく。深い踏み込みで、後ろに下がってゆく女との間合を徐々に詰めていっている。

左側の般若面の男が刀を落としてきたが、それを自分の刀で払いのけるや、徳太郎は足に傷を負わせた。男がよろけ、遣い手の女にぶつかりそうになった。それをよけようとして女が体勢を崩した。

そこに徳太郎が手加減なしの刀を振るってゆく。女は体をひねったが、かわしきれず、華奢な肩のあたりから血が勢いよく噴き上がった。女がよろめき、垣立に勢いよく突き当たった。そのまま垣立を乗り越えてゆく。

あっ。徳太郎が声を発し、垣立に駆け寄って下をのぞき込む。修馬の耳に、くぐもった水音が聞こえた。

般若面の男たちが女を追って、次々に海に飛び込む。傷を負った者も、力を振りしぼって同じことをしてのけた。おびただしい血を流しながら海に入れば、それだけで死んでしまうのではないかと思えるが、般若党の者たちは囚われの身になるより、死を選ぶということか。

驚愕を隠せない修馬は舷側に向かって駆け、垣立に片手を置いて、暗い海面を見下ろした。ほとんど波がない海の上にいくつもの頭が見えていたが、それが一つずつ水中に没してゆく。頭巾の侍が率いている小舟の船頭たちが提灯に火を灯し、海面をなめ回すようにしてあたりを探ったが、般若党の者たちは二度と浮き上がってこなかった。

修馬は口をあけ、般若党の消えた海をぽかんと見つめることしかできなかった。

「修馬、しっかりしろ」

徳太郎に背中を叩かれた。

「あ、ああ」

「こっちに来い」

徳太郎にいわれ、修馬は天陣丸の胴の間を見た。おびただしい銅が積んであった。梵鐘《ぼんしょう》に銅の塊、銅器、大量の一文銭。一文銭だけでも千両分くらいはあるのではないか。これだけあれば、いったいどれだけの天保通宝ができるものか。

とにかく戦いは終わった。般若党の者の死骸がいくつか残されており、般若の面を取ってみたが、死者はいずれも若かった。新垣真之丞や西村久米蔵と歳はほとんど変わらない。

修馬には、哀れな、という思いしかない。やはり、この若さであの世に旅立つ者を見るのは、敵とはいえ、つらいものがあった。かわいそうでならない。般若党がどこかの大名家の組だとして、若い家臣が上の者に命じられて入っただけかもしれない。たかが偽金造りで、あたら若い命を散らせるとは、いったいどこの大名家だと、修馬の腹は煮えくり返った。この怒りは当分おさまりそうにない。

ふと気づくと、時造がいなかった。あの男はいったい何者だろうと、修馬はまたも思わざるを得なかった。

六

その後、天陣丸に積まれていた銅がどうなったのか、さっぱりわからない。頭巾の侍からも勘兵衛からも七十郎からもなんの知らせもないのだ。

置いてけぼりを食わされたような気分だ。

雪江に頭巾の侍のことについてきいても、とぼけられるだけだ。山内さまはいったいなにをおっしゃっているのかしら、という感じなのである。なにか幻でもご覧になったのではないですか、と太兵衛で会ったことすら否定する始末なのだ。

徳太郎は、約束通りあの女の遣い手を斬ったということで、頭巾の侍から二十五両もの報酬をもらったらしい。つまり小判の包み金一つということだ。

それはすごいことだが、残念ながら、それ以上の話はなかったようだ。徳太郎は頭巾の侍から仕官の話があるのではないかと期待していたようだが、望みはかなわずというところである。

「くそー」

徳太郎がうめく。

「まあ、まあ、もっと飲め」

修馬はなだめ、ちろりを傾けた。徳太郎が杯で受け、一息に干した。

「徳太郎、案ずるな。次はきっとよいことがあるさ」

「本当にあるのか」

「あるさ。人は希望を持てば、必ずかなうようにできている」

「修馬、まことだろうな」

「まことに決まっている」

「くそー」

徳太郎がまたうめいた。

「どうして俺は駄目なんだ」

「おぬしは駄目なんかじゃない。剣は天才だし、性格もよい。なにしろ妹思いだ」

徳太郎がぎろりとにらんできた。目が据わっている。

「修馬、きさま、美奈に手を出す気ではないだろうな」

「なにをいっている」

「その気はないのだな」

「ああ」

いっちまった、と修馬は即座に後悔した。

「それを聞いて安心した」

徳太郎が杯を突き出してきた。

「もっとくれ」

「ああ」

修馬は酒を注《つ》いだ。ちろりが空になった。

「雪江どの、おかわりをくれ」

修馬はちろりを差し出した。雪江が両手で受け取る。

「ちょっと待ってくださいね」

「冷やでかまわぬ」

ここまで酔ってしまえばよいだろう、と修馬は判断した。夏だろうが酒は燗《かん》して飲むのが常道だ、と徳太郎がいい張ったのである。

「駄目だ」

徳太郎が叫ぶ。

「酒は燗だ」

修馬はあきれたが、雪江にいった。

「つけてくれ」

「わかりました」

「おい、修馬」

「なんだ、徳太郎」

「もし妹に手を出したら、俺はきさまを叩《たた》っ斬《き》る。覚悟しておけ」

酔って底光りする目でにらみつけてきた。

この男、本気だろうか、と修馬は思った。本気なら美奈に手を出す気にはなれない。

あっという間にあの世行きだ。

「くそー」

叫ぶや、徳太郎の顔がくしゃくしゃになった。直後、わおーん、といきなり泣き出したから修馬はびっくりした。

「おい、どうした」

「悔しくてならぬのだ」

徳太郎が涙をぼろぼろこぼしながらいう。

「二十五両でお払い箱にされたのだからな」

「もともとがそういう約束だったのだから、仕方ないではないか」

「それでも命を懸けたのだ。仕官くらいさせてくれてもよかったのではないか。俺はほかの者どもよりずっと腕が立つぞ」

「ああ、それはもう比べものにならぬ。おぬしはすごかった」

「それなのに、あの男、使い捨てだ」

「そうだな。うんうん、まったく許せぬ野郎だ」

徳太郎が涙顔を向けてくる。

「修馬もそう思うか」

「思う。思うに決まっておる」

「そうか。きさまはよいやつだな」

徳太郎がなおも、おんおんと声高く泣いた。その弾みで、小上がりから落ちそうになった。修馬はあわてて支えた。なんとかしてくれ、とこちらが泣きそうだ。

「山内さま」

横合いから声がした。この声は、と修馬はさっとそちらを向いた。

「美奈どの」

美奈がそばに立ち、済まなげな顔をしていた。

「兄がご迷惑をおかけしているようですね」

「馬鹿、俺が迷惑などかけるわけ、なかろうが。なあ、修馬」

「ああ、もちろんだ」

「見ろ、美奈、この通りだ」

徳太郎がうつむき、またも泣き出した。

「美奈どの、座ったらどうだ」

修馬は場所をあけた。

「よろしいのですか」

「もちろんだ。美奈どのはいける口か」

「いえ、私は下戸です」

「なんだ、飲めんのか。そいつは残念だ」

「もしかしたら飲めるのかもしれないのですけど、飲んだことがないのです」

それはつまり、と修馬は思った。徳太郎のようになるのが怖いからということだろう。

「例の医術書は」

「はい、おかげさまで」

美奈が顔をほころばせる。

「いま一所懸命、翻訳に取り組んでいるところです」

「それはよかった」

修馬もうれしくてならない。我知らず笑みがこぼれる。

「美奈どの、さあ、座ってくれ」

「ちょっと待ってください。山内さまに引き合わせたい人がいるのです」

美奈のうしろから小柄な年寄りが出てきた。

「あっ」

修馬は声を上げた。この年寄りには見覚えがある。なにしろ額に目立つほくろがあるのだから。すぐに名を思い出した。

「平吉ではないか」

最初に一両を両替してほしいといってきた梅干しの行商人である。

「引き合わせたい人というのは、平吉のことか」

修馬は美奈にたずねた。

「はい、さようです」

平吉が頭をかく。

「山内さま。実は、あれは芝居に過ぎなかったのですよ」

「どういうことだ」

修馬はやんわりときいた。

「お嬢さまが徳太郎さまの行状について調べてもらうという仕事を依頼するにあたり、山内さまの人柄を見せてもらったのでございます」

修馬は少し考えた。

「小判を両替させることで、俺がどういう男か確かめたということか」

「はい、申し訳ありません」

平吉が頭を下げる。

「雪江さんのご紹介とはいえ、やはり手前は心配でございました。妙な者に頼んだら、あとあとがたいへんになるのではないかと。しかし、それは杞憂《きゆう》でございました。山内さまはそれはそれは親身になって、手前の一両を両替してくださいました。このお方なら任せても大丈夫と、手前はお嬢さまに自信を持ってお伝えいたしましたよ」

平吉は下男として、朝比奈家に仕えていたという。今も、なにくれとなく兄妹《きょうだい》の世話を焼いているそうだ。

「それにしても山内さまもお人がよいですなあ。手前がこしらえたあんな適当な作り話をお信じになるとは」

相好を崩して平吉がいう。

「行き倒れの旅人の話か」

「さようでございます」

「信ずるに値する、よくできた話だったと俺は思うがな」

修馬は苦笑するしかなかった。

筒井屋という本問屋の前でやくざ者から助け、修馬が名乗ったとき、美奈が驚いたのは当然だろう。平吉から修馬のことを聞いたばかりだったはずなのだ。

なるほど、そういうことだったのか、と修馬は納得した。

しかし、これで事件は終わりではない。

まだあの女の遣い手は生きていよう。あの程度で死ぬようなたまではない。

復讐があるのではないか。決して油断はできない。

といいつつも、徳太郎は泥酔している。こんなところを襲われたら、どうなるのか。

どうするつもりなのか。

こういう抜けているところが、仕官ができぬ理由なのではないか。

修馬は徳太郎を担いで長屋まで送っていった。美奈と平吉では、とても運ぶことはできない。

「私、兄がかわいそうで。なんとかしてやりたくても、仕官だけは私の力ではどうしようもないので」

平吉もつらそうだ。

修馬は慰めの言葉を探そうとしたが、見つからなかった。

戦国の世なら、徳太郎ほどの腕があれば引っ張りだこだっただろう。徳太郎は世をまちがって生まれ出てしまったのだ。

長屋に徳太郎を置いた修馬は美奈たちと別れ、再び太兵衛に戻った。

店にはまだ大勢の客が居残っている。

「俺は寝るよ。雪江どの、お休み」

「お休みなさい」

修馬は太兵衛の戸を閉め、ほんの少し歩いて物置に入ろうとした。

いきなり殺気が充満し、背後から斬りつけられた。かろうじて修馬はよけたが、ほとんど奇跡に近かった。

「何者っ」

修馬は怒声を発した。男がさっと修馬と距離を取った。覆面をしている。

修馬は刀に手を置き、にらみつけた。

一撃に賭《か》けていたのか、覆面の男は一歩下がるや、すっと闇に姿を消した。

修馬は呆然としていた。不意を衝《つ》かれて襲われたからではない。今のは時造ではないかという思いが頭から離れないからだ。

よく似ていた。

だが、そんなはずがない。時造がどうして俺を襲うというのだ。

それも今になって。

殺《や》ろうと思えば、殺れるときはこれまでにもいくらでもあったはずだ。

だが、打ち消せば打ち消すほど、今のは時造ではないかという思いはふくらんでゆく。

どういうことだ。修馬は闇の中、一人取り残されたような気持ちになった。不意に徳太郎の顔が浮かんできた。そうだ、俺は一人ではない。これから先、どんな試練が待ち受けていようと必ず乗り越えてやる。修馬は、男が消えた闇をにらみつけて、決意を心に深く刻みつけた。

本書は、ハルキ文庫（時代小説文庫）の書き下ろしです。

時代小説文庫
す 2-28

悪銭《あくせん》 裏江戸探索帖《うらえどたんさくちょう》

著者 鈴木英治《すずきえいじ》

2012年8月18日第一刷発行

発行者 角川春樹

発行所 株式会社 角川春樹事務所
〒102-0074 東京都千代田区九段南2-1-30 イタリア文化会館

電話 03(3263)5247[編集] 03(3263)5881[営業]
印刷・製本 中央精版印刷株式会社

フォーマット・デザイン＆シンボルマーク 芦澤泰偉

ISBN978-4-7584-3680-9 C0193

http://www.kadokawaharuki.co.jp/[営業]
fanmail@kadokawaharuki.co.jp[編集] ご意見・ご感想をお寄せください。